絹の夢、遥かなり

――小栗上野介埋蔵金秘録

八木一章

22世紀アート

目次

まえがき

明治維新により権力を新政府が完全に掌握したのは明治四年の廃藩置県である。富岡製糸場の設立は明治五年である。その設立には渋沢栄一が深く関係していた。栄一が新政府に招かれて二年弱で製糸場は開業している。早い、鮮やかすぎる。世界に通用する生糸を作り輸出する、そのためには在来の家内工業的な座繰り製糸から近代的な大量生産が出来る製糸場を建設しなければと言う構想は既にあったのではないか、あったとすれば幕末に勘定奉行を長く務めた小栗上野介の周辺が有力だ。横浜開港によって世界に目を開いた幕府の役人や生糸の輸出にたずさわった商人、養蚕業を牽引した北関東の豪農これらの人々が考えられる。小栗の記録は明治維新の動乱の中で多くを失ってしまったが近年になりその一部が発見され小栗日記（小栗上野介日記・家計簿・村村役人願出取次留・航海日記）として出版された。小栗上野介日記は慶応三年から四年閏四月二日までで江戸無血開城の直前までである。この日記をこのフィクションの根拠の一つにした。二つ目の根拠にしたのは玉村町誌別巻三右衛門日記である。渡辺三右衛門は上州那波郡福島村（群馬県佐波郡玉村町福島）の人で天保一三年（１８４２）から明治二年（１

869）までの日誌である（群馬県重要文化財指定）この日誌の明治維新前後の記録には幕府と養蚕農家との間に生糸の税金を巡るせめぎあいがあり関東取締出役や岩鼻代官所を挟んでの攻防が詳細に記録されている。この事件は当時勘定奉行を務めていた小栗に生糸にかかわる政策を深く考えさせたと思う。三右衛門は幕末に約二十年にわたり明治維新の直前まで玉村寄場組合の大惣代を務めた。玉村寄場組合の中に小栗上野介の知行所である与六分村・下斉田村の二村がある、三右衛門の住む福島村の近隣である。ここで寄場組合について少し説明が必要だろう。江戸幕府は徳川（将軍）を頂点に大名（領地の禄高が一万石以上の殿様・例えば前橋藩）一万石以下の領地をもつ殿様・例えば小栗の様な旗本（旗本の領地は知行地という）・お寺や神社の所有地・徳川幕府が所有する直轄地（例えば岩鼻代官所が支配する土地）と複雑に絡み合っている。

関東は旗本の知行地・幕府の直轄地・譜代の小大名の領地・寺社領等が複雑にまじりあっていて徳川の家臣の色彩が強いところだ。江戸の発展と共に農村に貨幣経済が浸透してきた。又養蚕が盛んになり地方に経済的な余裕が生じ冠婚葬祭が華美になり芝居狂言の興行も盛んになり農事を怠り或いは無宿人になり脇差を指して博打を打つものも増えてきた。幕府は自ら改革と称して文政一〇年に悪党取り締まり・犯罪の取り締まりの強化・質素倹約・農事に精励などを内容とした触書四十余条を公布しこれを実行するために大名領・旗本の知行地・寺社領・幕府領の区別なく近村五〜六を纏めて小組合、小組合を五〜一〇まとめて大組合を組織させた。大組合の中心地は交通の要衝や宿場が選ばれここを寄場といった。この大組合の代表が大惣代である、ちなみに小組合の代表は小惣代といった。この改革は従来の領主の権利を大幅に縮小させ幕府が直接命令できることになるので御三家の水戸徳川や前橋藩は参加せず、伊勢崎藩等の小さな大名の領地・旗本の知行地・寺社領・そして幕府の直轄領等で構成された。幕府は勘定奉行の下に関東取締出役を配して直接村々を巡回して大惣代にお触書（指図）を出し、大惣代は小惣代に小惣代は各村の名主に触書を巡回させる、名主は触書を写し取り直ちに次の村に届ける、受け取りの日時と次の村に発送した日時を記入する、名主はこの写しを手元に置き村人にお触れの熟知を図る。犯罪の取り締まりも関東取締出役や火付盗賊改めが各領主の地域を超えて広域に行えるようになった。大惣代は村々から推薦された人を奉行が任命する仕組みで村々を代表するとともに幕府に任命された行政の下部組織の責任者という二重の性格を持っていた。

三右衛門は四〇歳〜六〇歳（弘化三年〜慶応二年）まで大惣代を務めた。三右衛門日記は天保十三年から慶応二年までの日記である。この日記によると三右衛門は上州・武州に大勢の知り合いがいた。島村の田島武平もそのひとりである。田島家と血洗島の渋沢家は婚姻関係の親戚である。

第三の根拠は赤城村に伝わる埋蔵金伝説である。一時テレビで盛んに放送した話と少し違う。私は酪農団体の赤城酪農業協同組合連合会や群馬県牛乳販売農業協同組合連合会の常勤役員をしていて地域の酪農組合の総会や新年会に招かれ親しく懇談をする機会に恵まれた。ある時赤城村（現在の渋川市赤城町）の方々と会議が終わり懇親会になり雑談の中で小栗埋蔵金の話が出てきた。その人達の話の中に先祖から伝わる話として祖父が自分のおじいさんから聞いた話だがと言って次のような話をしてくれた。

明治の初めのころ赤城山の奥に人が住み着いた以前炭焼きの時に作業小屋に使った掘立小屋である冬の山仕事以外には近づかない場所だ、彰義隊崩れかと思ったがその様な風体の人を村の中でみかけたことはない、父親に相談すると父親は頷きながら「誰にも言うな、知りませんでしたと言えばお咎めも注意されるだけだろう、表ざたにすると面倒な事になる」。父親は名主を務めていた。時は移り時代は落ち着いてきた。名主制度も廃止され父親は隠居の身になった。新しい明治の代が始まった。浪人も何時しか一人になった。村人は小屋の住人を炭焼き小屋の仙人といった。ある日人力車が村に入ってきた。「はて珍しい事だ」隠居は車を凝視した、内より若い女子がおりたった。そして山の中から人影が現れた、炭焼き小屋の仙人か？　二人は連れだって山に入り後には人力車と車夫が残った、隠居が車夫より聞いた話では前橋の共愛女学校から頼まれて生徒さんを送り迎えをする、陽の暮れぬうちに必ず学校まで戻るように厳しく言われている。やがて山から二人が姿を現した。若い女子は人力車で坂を下って行く。

冬になった。息子は山仕事に出かけた。炭焼き小屋には人影はなかった。家に帰り、隠居に話すと埋蔵金は終わったなと隠居はつぶやいた。概略こんな話だった。この伝承では埋蔵金はあったが使い果たされた。

以上の三点をつなぐ証拠になる資料は無いがこの空白を妄想で埋めると次のような推理ができる。

小栗上野介は生糸の運上金で養蚕家と鋭く対立した。その中には自分の知行地の百姓もいる。何とかしなければ、小栗は考えた。上質の生糸を幕府自らが作り外国に売り出す。その差益で百姓にも喜ばれ幕府も大きな富を得る。この構想は実現しないまま小栗は斬首になる。皮肉なことに運上金反対のやり取りの中で三右衛門に伝わる、三右衛門は養蚕や生糸に詳しい旧知の島村の田島武平にこの構想の実現性を聞く、小栗の構想を高く評価した武平は親戚の渋沢栄一の帰国を待ってフランスの養蚕事情を聴きに血洗島を訪れ小栗の構想も話した。やがて渋沢栄一は新政府の高官になる。富岡製糸場はこのようにして明治五年という異例の速さで完成した。然しこの三点をつなぐ決定的な証拠がない、高齢のためそれを探す時間もない、いつの日にかその証拠が見つかることを期待してこの小説を書いた。

＊玉村寄場組合は玉村宿外二十四ヶ村で群馬郡と那波郡にまたがっていた。現在の高崎市の一部と玉村町の利根川右岸を含む。

＊伊勢崎寄場組合は伊勢崎町外七十六ヶ村で佐位郡・那波郡にまたがる、現在の伊勢崎市の大半と玉村町の利根川左岸を含む。

＊二之宮寄場組合は二之宮村外二十五ヶ村で勢多郡・那波郡・群馬郡にまたがる、現在の、前橋市西善

町、同二宮町等周辺で構成する。

小栗上野介の埋蔵金の謎

弥生になり慈雨を得て草木は伸び花開くが桑畑の緑は少し遅れて八十八夜直前に新芽が伸び始める。この辺では「八十八夜の別れ霜」と言い、八十八夜を過ぎると遅霜の心配がなくなる。八十八夜の前に霜が降ると伸び始めた桑の新芽が枯れてしまう。今年も蚕が忙しくなる。遅霜が下りないといいがこれが養蚕家の最大の関心事になる。慶応二年七月佐位郡伊勢崎町組合、勢多郡二之宮村組合、群馬・那波両郡玉村宿組合の三つの寄場組合の大惣代をはじめ主だった人たちが集まり生糸の運上金（税金）を廃止にするお願いの書付を提出する相談をした。「どうもこう度々運上金を掛けられては村人を説得できない。横浜が開かれてから生糸が良く売れるようになったのはいいが畑に年貢を掛けておきながら畑からできた繭から作った生糸にまで運上金を掛けられてはたまったもんじゃない」「いや百姓に命令すれば運上金が集まると思っている」「このままにしておくと天秤棒にも夫銭が掛かる。書付を差し出してお願いしよう」「それがいい。この文案でどうか」。当時の陳情の方法は代官所の目安箱に入れる、岩鼻御役所に提出する、幕府の勘定奉行に提出する。で重大さが異なる、殊に連名して（徒党を組んで）の行動は幕府の禁令に触れる。関東御取締御出役は勘定奉行の配下にある。提出した陳情書は次のようなものであった。

恐れながら書付を以て御願い申し上げます。

上州佐位郡伊勢崎町組合、同州勢多郡二之宮村組合、同州群馬・那波両郡玉村宿組合

右三組合惣代一同御願い申し上げます。　今般

仰せ付けられた生糸売買の件、近頃来再三に及び庶民は難渋致しております。御取締りのため御改めを受け口糸上納致すべき旨御振れの御趣旨は一同拝見承知いたしました。

御趣旨の趣は百姓末々まで申し聞かせましたが繭や生糸は当国専用の産物で繭や生糸を売却し一年分の雑費用、ご年貢、諸夫銭の不足分を補います、去る亥年（文久三年１８６３）以来、兵賦（戦の費用）、丑年（慶応元年１８６５）より雑費用が割り当てられ、更に公方様御進発のお供を仰せ付けられました。領主、地頭には人足を大勢差出し、給金は一人に付き一年金三十両位、その上、地頭屋敷の留守番に村役人詰め切り或いは交代で務め莫大な費用が掛かり、その外にも臨時用途金・諸賄い料等多分に割り当てられ、土地持ちは高割り又は別段出金いたし小前は一軒いくら等種々の工夫をして御年貢その外多分の金子を上納し、すべての諸入用が増加しておりその上、組合内の川沿いの村々は近年数度の水害にて人家・田畑が押し流され地味は殊の外変わり、収穫量が少なくなる村々もあり、その上用水路の復旧整備には四五層倍の費用が掛かります。天水を引く村々は赤城山より湧き出す細流の末で田植え等をしていますが時々雷雨が無くては植え付けも出来ず稲も生長しません。

去る天保度以来旱魃が多く水を引き足りません、水田は植え付け不能の年が続き、次第に疲弊し生活難渋になった村もあります、その上に奉公人の給金・日雇い賃金まで案外に引きあがり又賃金だけの仕事をする人も無くなり農具やその外の物まで前代未聞の高値になりました。蓄え手薄の百姓は思うままに耕作も出来かね農閑期に僅かに生糸を製して右利潤にてようよう生活している有様でございます。あまつさえ今年の春は時ならぬ大霜にて蚕飼い難く去る丑年に比べて、およそ二三分程の出来高にて中々蚕種代にも引き当てられず困苦この上もない状態です。その上、口糸（運上金）をお取立てになられては、とても養蚕を続けること困難になり廃業のほかなく口糸上納御免（運上金免除）をお願い申し上げます。

又村々小前の者ども挙げての嘆きをお聞き入れ下されたくお願い申し上げます。

蚕種の事は素紙にて御改めを受け、なお製作の上、最寄りの肝煎共より改めを受け、かたがた手数がかかると口実を申し立て、種屋共（蚕種製造農家）相談の上、蚕種代を殊の外引き上げた様子で、いよいよ格外に高値になり、小民どもは養蚕も出来かね、前記の諸入用相かさみ、農間稼ぎの潤い無くては生活にも差支え難渋至極になりますので以前の通り、その年々の生糸は相場に準じ相当の値段にて売り出しになるように仰せ付け下さい。蚕種の事は種屋共にかかわらず余人にても蚕種を製作いたし自儘に売買して苦しからずと仰せ付けられたく、これまたお願い申し上げます。これらは小前一統連印を以て私共までの申し出にて誠に人気立ち容易ならざる事と存じ、村役人より厚く申し諭し置きましたが、この上何様の挙動これあるや、恐れながら私共の上にても心を悩ませております。何卒組合村々小前末々まで静穏に治まりますよう御慈悲の御沙汰仰せ付けられたく御願い申し上げます。

又先般伊勢崎組合より御願い申し上げた菜種売り捌き方の件、御運上を差し出す指定の油絞り人ばかりでは人数少なく、遠方よりわざわざ持ち運び売る時には金子不勝手などと申し買い控え、強いて売り渡すときは相場より至って下値に買い取られる事になり辺鄙偏りの村々では売り捌き方に甚だ難渋しております、これ又以前の通り指定油絞り人のほか誰にても売買御免として頂ければ貧民ども居ながらに営みが成り立つよう御仁恩の御沙汰ひとえに御願い申し上げます。

右の御願い御聞きくだされば一同相助かり有難きしあわせに存じ奉ります。以上

二之宮村組合　土岐若狭守知行所　上州勢多郡二之宮村

寄場年寄兼小惣代

和右衛門

伊勢崎町組合　平岩金左衛門知行所　同州佐位郡田部井村

小惣代組頭

長左衛門

慶応二寅年七月

玉村宿組合

跡部遠江守知行所
同州那波郡宮子村
大惣代年寄
源右衛門

大久保兵九郎知行所
同州同郡福島村
大惣代年寄
三右衛門

岩鼻附御料所
上州群馬郡八幡原村
同
八郎右衛門

横田五郎三郎知行所
上州那波郡飯島村
小惣代名主
治兵衛

大岡兵庫頭領分
同州玉村宿
寄場役人惣代
名主　清兵衛

岩鼻御役所

三右衛門は「これでどうでしょうか」「よろしいでしょう」一同が頷いた。「それでは取締出役の木村様にお願いいたしましょう」一同解散する。「二十九日は木村様が御回村のため玉村にお出でになる。その時に御願しよう」「七月の一日二日は御用宿詰だ、大小惣代でよくよくお願いしよう」「木村様よろしくお願いいたします」木村様は生糸その外運上御免願を一読して「宮子村大惣代源右衛門・二之宮村の和右衛門をここに呼びなさい」二人は急いで参集した。

皆がそろったところで木村様は仰せになる「生糸其外運上御免願いの書付は当出役は差し出さず岩鼻郡代へ取次しよう。この様な連印の書付を出役が差し出すと後々めんどうなことになる」「はあ」翌日木村様は岩鼻郡代に御持参になり夕方立ち戻り仰せられた、「願書調印の者残らず岩鼻郡代所に出頭すべし」。

翌日岩鼻郡代所に出頭したが「全員がそろわなくてはならん」と言われ翌五日に全員出頭する。「三右衛門謹んで申し上げます、長年にわたり玉村宿の大惣代を務め関東取締出役の方々、火付盗賊改めの方々のお指図を受けて政治の末端を担ってまいりましたが去る亥年・丑年の頃より幕府の勝手元不如意のためか年貢以外の雑税が増え更に今回生糸の取引にも口糸（運上金）を納めさせられる、百姓の我慢も限界に達し村内に不平不満があふれ、この苦境をお上に訴えてくださいとの声が高まっています。我々惣代の役目として、お上の指図を百姓に伝えると共に百姓の声をお上に訴える事です。仔細については書付の通りです。何分宜しくお願い申し上げます」御代官の申すには「この度運上金御免の書付が差し出されたが御公儀においても御進発かたがた多分の御入用、歩兵共並びに諸家お手伝い人、函館その外の御入用、なかなか以て多分の事にて公方様も江戸に在らせられぬほどの事、去りながら下方の取り締まり不行き届きにては金銀・穀物を蓄えても悪党のために奪い取られる事もあり、生糸の運上金は地頭に届け少しでも悪党の取り締まりの足しになるようにしているが、なかなか行き届かぬので困っているのが実情だ。下方には岩鼻郡代が運上金を取ってしまうと言いふらす者もいるが全く違う。取り締まりと申すは囚人差出入用、籠、掛縄等すべてが岩鼻にて裁許して政治向きの取り締まりをするので一統の助けにもなる、しかるところ折悪しく口糸の運上金を仰せ付けるが右の通りであるので冥加金又は入用手伝いと思い差し出すべし。地頭・領主よりも種々の入用金が掛かると思うが右の心得にて生糸に銘々札をつけ入念にいたして差し出すべし。蚕種は横浜へ種々様々の種を出す者が居り、異国より差し戻されて持ち主不明の種は公儀にて異国に弁金する、それ故蚕種改めとなった。蚕種が高値になったと思うのであれば自分自身で蚕種を作り使う、又売買するときは改印を受けなさい。諸物・穀物の相場が上がっているのはやむを得ない事、高値でないとすべて異国に買い取られてしまうから。又飢饉という程の事は無く天明の飢饉の実情は知らないが天保の飢饉はよく知っている。その時は道端に飢渇・倒死の者が大勢いたがこの度は一人もいない。品物が高値になったと言うが売る品を高く売り買う品を高く買う名目だけの事、何程言うても同じ様な事、先ずその方共いずれと思うや。その方共村役人は村役人ばかりでは無く、大小惣代寄場役人は公儀で使う者でもあるから悪しきと思う事あれば此れは宜しくないと申し出なさい。又村々の惣代であるから村ごとに村役人と共にこれは宜しくないと申し出なさい、代官所に目安箱を置くからよんどころない時は箱に入れなさい。連印して書付を出すと遺恨ありと思われるのでよく改めて取り図る」「は」やがて三右衛門が声を上げる。「昔の御代官様と違い丁寧にお答え頂いた事は有難い次第でございます。仰せ聞かされた趣は一々承服いたしました。この度お願い申し上げたのも御運上事すべて全く御上より仰せ出されたと下方の者は思っておりません、その本頭取・発起人を承り打ち殺したい等と申す風聞もございます、何と無駄ごとと思っていましたが打ち壊し等の有様を見ると全くの無駄ごと共思われず、とかく人気を和らげんがためお願い申す次第です。いずれにせよよくよく申し極め小民共が穏便に月日を送れるようにお願い申し上げ、只今仰せ聞かされた趣は一々立帰りの上、組合村々小前末々まで申し聞かせます」「さようか」しばらく間をおいて「しからばこの書付を江戸まで送るか、岩鼻へ留め置くか?」宮子村大惣代源右衛門・二之宮村同和右衛門が「書付は岩鼻御役所にお留め置きください」「さようか、しからば書付は当役所に留め置く。一同引き取ってよろしい」。利根向こうの源右衛門殿、和右衛門殿は郷宿に寄り我らは帰り御取締御出役の木村様に報告する。数日後に武州仁手村の小兵衛さん・上州島村の武平さんの両人がたずねてきた。「大惣代さん、先の生糸其外運上御免願いの中に種屋（蚕種製造業）が暴利をむさぼるように思われる文言があるが以前は蚕種の運上金は今ほどの高額でなかったので蚕種代もそれなりに安かった、今は蚕種一枚で御印代が銀六匁、一駄千枚でこの運上金が百両になる」「ほう百両になるか」「どうしても売値に掛けなければ種屋はやっていけません、蚕種代が高くなるのは運上金が高すぎるので種屋が儲けているからではない、そこはよく承知しておいてください」「ああよく分かったよ、確かに書付の中で種屋を悪く書きすぎた」。両人は安堵して雑談になった。家人が知らせに来た。「与六分の芳蔵さんと下斉田の平八さんがお見えになりました」。「では私どもはこれで失礼します」二人は立ち上がった、『よく分かったよ』三人はうなずき合った。

「芳蔵さん・平八さんお揃いで何かあったかね」。芳蔵が口を開いた。「先日江戸屋敷にお伺いし用向きが終わって帰ろうとした時に玄関先で御用人に「ちょっと話したいことが有る」と呼び止められてこんな事を言われました。御用人の話では、今回の三寄場組合連名の願書は岩鼻預りとの事でしたが内々に御奉行の耳に入ったらしい、何と言っても御料・知行所の村々が連印した書付ですから、普段は政事向きの事は一切お話にならない方ですが、昨日お勝手向きの事でお伺いしたところ「苦労を掛けるな」と労いの言葉を申され、問わず語りに「わしの勝手元と同様に幕府の勝手元も苦しい、大きいだけに始末に困る、田畑の年貢をこれ以上は上げられぬ、酒・菜種油・水車等もこれ以上上げるのは無理だ。横浜に港を開き外国に生糸を売る、よく売れる。それが巡り巡って繭が高く売れる、百姓に余裕が出来て、それが色々の運上金のもととなる、そこをよく考えてほしい。今フランスから技術を導入して横須賀に大船や大砲を造る造船所を創り始めた、フランス式の陸軍も創る。その次はフランスから最高の製糸機械を買い入れ技術者を呼んで自ら生糸を作る。横浜の生糸相場を見ていると生糸の良品は普通物の二倍の値段が付く、フランス式の製糸場を創り世界一の生糸を作る。そして横浜から外国に売りだす。さすれば百姓から繭を高値で買い取り喜ばれ幕府に金が残る、経世済民、百姓を豊かにし幕府も豊かになる」。およそこのような独り言で御座いました。更に御用人のおっしゃるには親の心子知らずの例えもあるが、もう少し辛抱すれば書付にあるように、百姓どもが穏便に月日を送れるようにしたいと言う村役人の思いは届くだろう。概略こんな話でした」。三右衛門は腕組みを解いて「小栗様の用人がねえ、三右衛門に内々伝えよか、御奉行まで書付の話が伝わったのは好都合だが、そんな手品の様なことが出来るかねえ、そうだ横浜の事は島村の武平さんが詳しい、後で聞いておくよ。それにしても与六分と下斉田は苦労するね」。両人は口をそろえて「御奉行様は我々のお殿様ですから、大惣代とお殿様の板挟みですわ」「ちげぇねぇ」三人は顔を見合わせて苦笑した。八月になった、今回の三寄場組合連名の首謀者と目されたか関東御取締出役の渋谷鷲郎様より書付により「村預け」を仰せ付けられた。以下の通り。

福島村　大惣代　三右衛門

右の者身分にも似合わぬ所業に及び候やに相聞き候間、紀し中、村預け申付け候。
慎みまかり在り候うよう相達しられべく候。
この書付預り書一同相返さるべく候　以上
　　寅八月二日　　　　関東御取締出役　渋谷鷲郎印
　　福島村　　大惣代　三右衛門
右の者身分にも似合わぬ所業に及び候やに相聞き候間、紀し中、村預け申付け候。
その旨相心得らるべく候う　以上
　　寅八月二日　　　　関東御取締出役　渋谷鷲郎印
　　　　　　　　　　　玉村宿寄場役人　大小惣代中

二十三日　渋谷様御回村のため玉村宿にお出でになる、この機会をとらえ大小惣代の人たちがお詫びを申し上げた。「三右衛門は大惣代を辞任するつもりです」と申し上げたところ渋谷様の申すには「大惣代役を病気と申し退役するのであれば紀しだけは勘弁するがその他の事は（村預け・慎み）取消さぬ」「ここまで来るのに三日もかかった。つらつら思うに大惣代を務めて最早二十年余り、組合村々寄場に至るまで聊かも喧嘩口論もなく、御取締筋に御手数をかけた事は一切無かった。それを何者かの讒言により今回の仕儀となった。甚だ以て胸中承服なりがたし、かような御取締出役の下では頼まれても大惣代は務めない、病気などと申し立てて退役するなど一切お断りする。幸いに神仏の加護により無病息災、後任は寄場役人・大小惣代が人選いたしお願いしますと渋谷様にお伝え願いたい」。

この問題は三右衛門が大惣代を辞任する意思を表明したが時間がかかった。翌年の三月二十一日の日記には次の記述がある。

福島村　三右衛門

右は大惣代退役願の儀承り届け候間、申達し受書差し出し申すべく候。

この書付御用便にて相返されべく候。　以上

三月二十日　　　関東取締出役　宮内左右平

玉村宿　宿役人大小惣代中

大惣代の退役願は受理され、お咎め（村預け）は不問になったようだ。

小栗のもとに岩鼻の代官所から書状が届いた。「幕府の直轄領にも等しい玉村・伊勢崎・二之宮の寄場組合が連名して生糸其外運上金御免願いを提出した。当初直接江戸にと出役に依頼したようだが、出役が江戸に直接提出すると扱いようによっては面倒な事になる。岩鼻代官所にお願いするよう仕向けて当

代官所に提出させた。内容は書面の通りですが丁寧に説明して諭しておきました。京都の情勢が大変でお金がかかるので民生や治安のためのお金が不足する、運上金は火盗改や関東取締に使い村のためになっている、盗賊や打ち壊しが横行したのではいくら稼いでも楽にはならぬ。又食うに食えぬ状態だと言うが、天保の飢饉では道端に死人がいたのを私も見ている。今の状態は不作であるが死人が出るような飢饉ではない。品物の値段や手間賃が上がって困ると言うが繭や米も上がっている、作った物を高く売り買う物を高く買うこれは単に名目が変わっただけだ。よくよく考えて協力するよう申し渡しました。更にこの書状を江戸まで送るかと問いただしたところ二之宮・伊勢崎の寄場組合の代表は岩鼻留めにお願いすると申しました。玉村寄場組合の惣代は提出先については返答しませんでした。概略は以上です」。書状に目を通した上野介は与六分・下斉田も連署しているか、厄介なことになる。生糸其外運上金御免の書状を岩鼻留めにしたのは良い判断だ。このままで止まってほしい、打ち壊しと百姓が一つになると面倒な事になる。上野介はしばし瞑想した。つらつら考えるに江戸幕府創建以来、財政の基盤を金銀銅の地下資源に頼ってきた、その象徴が佐渡金山だ、佐渡から越後・上州・武州を通り江戸に至る金の道だ、しかし金の産出量は往年の半分になった。地下の資源が枯渇してきた。地下資源の枯渇を何で補うか、地上の産物で補うより他にはない、そこで生糸や蚕種に運上金を掛けたが百姓どもが騒ぎ出した。横浜を開港して欧米に生糸を輸出する、よく売れる繭が高値で売れるから養蚕が盛んになる生糸が大量に輸出できるから生糸に運上金を掛ける、百姓の反対運動がおこる。そうだ横浜の生糸は品質により値段の開きが大きい、欧米で高値に売れる生糸はフランスで生産していた。そのフランスの養蚕が不振になり生糸が足りない。欧米で欲している生糸を作れば高値で売れる、フランスから最高の機械と技術を導入して幕府直営の製糸場を作り高品質の生糸を作り横浜から外国に売り出す。百姓から繭を高く買い取り喜ばれ、製糸場で高品質のフランス好みの生糸を作り高値で売り出す、百姓に喜ばれ、幕府も利を得る「世を益し国を利する」。桑を植え、蚕を飼い、生糸を紡ぎ、横浜から生糸を世界に売り出す。さすれば地下資源に頼らず富を生み出す、その上桑は太陽と雨で年々生産され尽きることは無い。横浜の開港で高崎から横浜に続く絹の道が出来つつある、絹の道をさらに太く更に多く作れば金の減少を補い、なお余りある国益を掴む事が出来る。

慶応三年になった。江戸幕府にとって激動の時代だ。弥生三月、隠居の身になった三右衛門は屋敷の裏手の利根川の流れを見つめていた。これから農作業が忙しくなるな。「島村の武平さんがお出でになりました」家人が呼びに来た。田島武平は隣接する伊勢崎寄場組合の有力者で旧知の間柄である。一瞥来の挨拶がすんで、三右衛門が「小栗様の知行地が近くにあるので名主がよく訪ねてくる、その名主の話だが」と言って生糸の運上金御免の書付が岩鼻止りであったが内々に御奉行まで伝わったらしい、名主が江戸屋敷まで所用で伺ったところ用件が終わった後、用人に呼び止められた。用人の申すにはこの間、勝手向きの事でお殿様に報告した。その折問わず語りに「今横浜の生糸は品質によって大きな値段の差が出ている。外国好みの上質の生糸は普通の生糸より遥かに高値で売れる。幕府が製糸場を作りフランスから機械を買い入れフランスの技術者を招き良質の生糸を作り外国に高値で売り出す、さすれば百姓から繭を高値で買い取り喜ばれ製糸場で生糸を作り横浜から外国に売り出して幕府も豊かになる、運上金など取らずに済む。横須賀の造船所の次は製糸場を作る」。ざっとこんな独り言だったそうだ。「武平さんは横浜の事は詳しい、こんな手品の様なことができるもんかねえ」「ほう御奉行様がその様なことを」「いや用人にふと漏らした愚痴だろう、普段は政事向きの話は一切しない方だそうだ」武平が答えた「横浜に時々お出かけになる噂は存じておりますが、さすがにお目が高い御奉行様なら出来るでしょう、なにしろ造船所をお創りになるお方ですから、生糸が品質によって大きく値段の違うのは本当ですよ」「ほう」三右衛門は頷く「島村にはキリシタンがいるからな、武平さんも目の付け所が違う」二人は顔を見合わせて笑って話題を変えた。

話は違うが島村の蚕種は儲けが大きいようですなと三右衛門が言った。武平が答える「その事、桑折の蚕種がこのところ不足してきた年々蚕を飼う人が増えている。今では誰でも運上金を納めれば蚕種を売ることはできます、そのため新しい蚕種屋が増えて値段は下がり気味です、これからは良い種と良くない種の値段の差が大きくなる、島村の蚕種は質が良いのでよく売れます。三右衛門さんも御承知でしょうが蚕種は川筋の桑を食べないと何故かよい種が出来ない、田場の桑の葉で飼った蚕は大きくなるが蚕種は少ない、蚕種は桑の葉を選び、畑を選ぶ、上州・武州の川筋の畑は蚕種の適地です」「ほう米麦の出来ないぽうぽう畑が蚕種なら良くできる、そこに目を付けた島村はさすがだね」「ほめていただき恐縮ですが三右衛門さんも種蚕（たねおこ）も飼ってみませんか、利根川沿いの桑畑はよい蚕種が出来ます」

「大惣代を辞めたので悠々自適と行きたいが、蚕種は色々面倒な仕事が増えるから倅によく教えてください」「三右衛門さんと同業になれればこんな心強い事はありません、倅さんには何時でも島村に遊びに来て下さいとお伝えくださいい」「その時はよろしく頼むよ」。「ではこれで」武平は島村に帰った。縁側で休んでいると妻みきがお茶を持ってきた。「今日はお茶が旨い、武平さんから種蚕をやってみないかと勧められた。面倒な仕事が増えるので倅に教えてくれないかと頼んでおいた」「それはようございました、お上の仕事ばかりしていると身上にひびが入りますから」「それはそうだ、時代が変わった、倅には身上を上げてもらおうか」「それが宜しうございます、武平さんはいつも穏やかで折り目正しい人ですね」「武平さんはただの百姓ではない、横浜で異人と商売している。商人が啖呵を切っていてはお客が逃げてしまう」「啖呵を切る人が好きというおなごも居りますからね」「なんだ、嫌みか。それは昔の話だ、それにしても、お前には苦労を掛けた、作男や女衆の差配から小作人の世話まで、さすが上州のかかあ天下だ、肝っ玉の大きさが違う」「今日は何だか変ですね」「お茶が旨い。もう一杯頂こう」。

＊桑折（こおり）福島県伊達郡桑折町。江戸時代に奥州街道と羽州街道の分岐点の宿場町として栄えた、この辺は奥州種と呼ばれた蚕種製造がさかんであった。

＊島村（伊勢崎市境島村）江戸時代は伊勢崎寄場組合に属した、明治元年田島武平は島村の郷長を務める。武平が本家、田島弥平は分家に当たる。江戸時代後期より蚕種製造が盛んになり明治五年蚕種の会社を創立して優良な蚕種を製造し、更に外国に輸出することに成功し島村蚕種の名声を高めた。島村蚕種の成功には渋沢栄一の助言があったと伝わる。貿易を通じてキリスト教が伝わり村内にキリスト教会がある（文化財指定）。現在は信者が寄進した隣地に移転して活動している。

＊三右衛門の子孫は養蚕を蚕種製造業（たねや）に拡大して益々家産を大にした。現在の住宅はその名残で一階が居室二階が蚕室となる榛名型民家である。利根川の右岸に多い、一方利根川左岸には赤城型民家が多い。二階の南面を大きく広げて光や空気を取り込むのが特徴である。榛名型はこの部分を前方に突き出すように設計されている。何れも屋根の上に通気口を設けてその上に小さい屋根を造る。どちらも群馬の農家建築を代表する大型の住宅・蚕室兼用の建物である。

大惣代を辞任したが二十余年の人脈は健在だ、遠方からの来客は相変わらずだ。前橋のお城が三月に完成したが御家中の引っ越しで領分の村は人足の割り当てに難渋しているとの事。
四月十一日には日光例幣使が玉村宿をお通りになり福島村でも助郷として人足四十二人、馬五匹を出した。各地に打ち壊しが起こり世の中が騒然としてきた、新町宿では東の入口より西の出口まで打ち壊しの人数で埋まった程の大勢が押し寄せた、岩鼻より御郡代木村甲斐守様が御同勢を召し連れて空の鉄砲を撃たせたが中々退散しない、仕方なく弾を込めて打つと総崩れになったとの事、この人数烏川を渡り角淵村に迫るとの注進が頻りに来る。玉村宿でも日野屋・岸屋・四丁目泉屋・五丁目泉屋等は炊き出しを用意し酒樽を並べて大騒動、木村様御出張にてあらまし逃げ去ったという。十二月になり江戸・関東に噂が広がる。「公方様が政権を朝廷に差し出した」と。年末になり江戸大変、薩州様江戸屋敷に酒井左衛門様大将にて夜討、火を掛け・石火矢・大筒・小筒にて攻め立てる。おおよそ屋敷内に七千人居たそうだ、焼き討ちの時はおよそ三千人いた。生け捕り五十人、逃げ去る人三千人余り関東もきな臭い話が増えた、どのようになる事か、明けて正月徳川は大阪で大敗した。

勘定奉行を長年務め去年の暮れから陸軍奉行並兼帯を拝命したが、大阪では鳥羽伏見の戦いに敗れ上様は戦意を失って江戸に逃げ帰り幕府軍は総崩れになった。翌年正月十二日に御敗軍にて昨夜品川沖へ御帰還遊ばされ大阪城は大敗にて引き上げてきた。江戸城大広間に於いて恭順か決戦か大激論になり我々の主戦論は退けられた。十五日午後に至り西ノ丸芙蓉の間に於いて御役御免を仰せ付けられた旨、酒井雅楽頭より仰せ渡され退出した。

勘定方の人々に後事を託して老中小笠原壱岐守様の仰せに従い一月二十八日知行所の上州権田村への土着願を提出し翌日許可になる。お世話になった方々や親類縁者・知己に挨拶を終え慶応四年二月二十八日朝に江戸を出立、夕方七ツ半過ぎに桶川宿に泊まる。翌朝明け六ツ半出立し吹上で昼食、夕八ツ半深谷宿に着き泊まる。三十日深谷宿を出発し神流川を渡り新町宿に入る、ここで昼食をとる。上州の如月は空っ風と光が共にやってくる。上野介は烏川をそしてその対岸に目を凝らした、赤城・子持・小野子・榛名・雪を頂く浅間もみえる、知行地の与六分・下斉田は指呼の間だ、そして榛名山に抱かれた権田村がある。「国破れて山河在り」しばし感慨にふけった。「鍊三殿と平治殿が参りました」家来の言葉に我に返った上野介は「お通ししなさい」と言って姿勢を正した。二人は言葉少なに「これから連取村に参ります」三人は目を見つめ合った「ご苦労だが頼む、気をつけてな」「はい小栗様も道中御無事で」二人は一行から分かれて駒井甲斐守の知行所連取村に向かった。岩鼻代官の余韻がまだあるのか道中無事に高崎に着き宿をとる。床に入ったがなかなか寝付けない。

（回想）思い起こすと去る慶応三年十月二十一日四ツ時惣出仕につき登城したところ大広間に於いて老中列座のなかで上様より思いもかけぬ御言葉が仰せ渡された。今月十三日、二条城の大広間に於いて大政を奉還する旨申し上げた。「世界の形勢を洞察するに政令一途に発令されなければ万国との御交際にも不都合が生じます、従って政権を御所に御返ししたいと思います」と申し上げたところ、十五日に至り「仰せられた事柄はもっともであると思う」と御返答があったと一同に仰せられた。一同呆然として言葉を失い、ただ顔を見合わせるばかり。誠に公武合体の英断と申すか、いや早まったと申すか、八ツ過ぎに帰路につく天は寒々として星が異常に輝く。関東の守りを固め旗本を要所要所に配して京都の情勢を油断なく注視する、御所に政権を返上して政令を一途にするとは、実質は公武合体で幕府が中心となり新体制を作り外国に対峙するという事か。サトウが訪ねてきた、「この国はどうなりますか」と尋ねる、「幕府が主導して薩摩等の大藩を取り込み合議の国を作り万国と通商する、今までと変わらない。安心しなさい」。サトウは帰っていった。

京都の情勢は上様の構想のようには動かない。戸田・安藤・柴田・日下・向井・浅田が次々と尋ねてくる。岩鼻の木村甲斐守が訪ねてきた。

慶応二年に生糸の取引に運上金をかけたが、これに反対する動きが強まり、玉村・伊勢崎・二之宮の三寄場組合連名の運上金反対の嘆願書が代官所まで提出され関東取締出役が厳しく監視しているが寄場組合との関係が旨くゆかないので困っている、元々この地は幕府領・知行所・譜代の大名領と言う幕府の根幹の地であり、この地の民心が離れてきているのが心配であるという。江戸では薩摩が黒幕となり市中で暴徒を使い、押し込み等手荒の所業に及び、取り締まると三田の薩摩屋敷に逃げ込み挑発を続ける。内憂外患か小さいうちに処置をしないといけない。サトウが来た、内外の情勢を話し合う。十一月シャノワン・フリュウネを呼び出し横須賀造船所の完成を督励する。

シャノワンは言う「天下の情勢が心配だ」「必ず体勢を立て直す、完成を急げ」小栗はさらに言葉を続けた。「直営の製糸場を作る、フランスの最高の製糸機械と技術者を用意してくれ」シャノワンは聞き返す、「貴殿は生糸の専売を考えているのか」「そうだ、貴国と結んでカンパニイを創り生糸を世界に売り出す」シャノワンは頷きその筋に伝えると答え更に言葉を続けた。「今日フランスやイタリヤは蚕の伝染病に悩まされている、貴国の生糸と蚕種は必ず売れる、国に帰ったなら機械と技術者を探しておきます」。

暮れの二十五日、前々より市中のあちこちで押し込み、暴行する者どもは何れも薩摩三田の上屋敷或いは小山鳴沢淡路守上屋敷に潜んでいる事がこの程召し取った者の白状から確実になった。陸軍並びに酒井左衛門尉の人数を差し向け召し取り、直ちに戦争になり昼までに討ち取り、召し取る。不穏の事この上なし。京都より急報が届く、薩摩・長州と鳥羽伏見で戦争になり敗れて大阪城に逃げ帰った。二十八日五ツ時過ぎに稲葉美濃守より御切り紙が届いた。西ノ丸へ登城したところ陸軍奉行並を兼帯せよと仰せ付けられ非常のとき故お受けいたしそれぞれに通知を出す。

明けて四年正月京都より急報、大阪で決戦と決めていたが、上様は軍艦で江戸に逃げ帰り、幕府軍は総敗北になった。何たる事か。元旦年始の御礼五ツ時過ぎ登城八ツ過ぎ退出する。それより大平備中守方へ回り協議ののち帰宅する。江戸城の防備を固めねばならぬ。

翌日早朝に海軍所御台場を見聞する、三日登城し、退出後に陸軍所を回る。四日登城、退出後、戸田・日下・建部に逢う。五日木村飛騨守が来る。

六日、例刻登城薄暮退出。七日例刻登城退出。八日登城、榎本君より意見書が届く、箱根・碓井の防御を固め東征軍を箱根の西側で迎え撃つ、駿河の海より軍艦で砲撃して混乱させ山上より一気に攻めかかれば形勢を逆転できる。さすが榎本君、海軍は圧倒的にこちらが優勢だ。九日、三番原教師館に行き、それから登城。十日朝、開成所に行きそれから登城する。

十一日城より退出後、明朝登城せよと御目付より連絡が来る。十二日朝登城したところ、昨夜大阪より御敗軍にて上様は開陽丸にて品川沖に御帰り遊ばされ即刻海軍所にお入りになられた。大阪城は大敗にて引き上げてきた由。決戦か・恭順か連日の協議が続くが上様は戦意を失っている。十五日例刻登城した、上様よりお言葉がある、と御知らせが来た。上様は言う。「天下の情勢にかんがみ世界の形勢を洞察するにこれ以上の争いを続けるは日本国の利にあらず、故に恭順する」。上野介は思わず進み出た「恐れながら箱根と碓氷の関所を固め、駿河の海に軍船を連ね東征軍を砲撃すれば戦局を一気に転換できます。御決断を」「くどい」立ち上がる。「上様」「無礼者」上野介はひれ伏す。万事休す。昼後になり周防守殿より御切紙を渡され西ノ丸に罷り出ずべし、との御指示があった、御席に回りました所、芙蓉の間に於いて御役御免勤仕並を仰せ付けられた旨酒井雅楽頭より仰せ渡された。三河以来の譜代の臣としてこれ以上の反対は出来難いが榎本君と練り上げた最後の勝機を失った。

大鳥啓介が訪ねてきた。「若者たちが決起して押し留める事が出来ない、貴殿は主戦論でその為に解任された。榎本さんも品川沖で軍船を率いて降伏しない、陸海力を合わせ」「待て」上野介は静かに言う。「上様が恭順と仰せになる三河以来の家臣としてこれ以上の反抗はできない」。二人は見つめ合った、大鳥は独り言のように呟いた。「小栗さんと一緒に戦いたかったが、榎本さんは降伏しない、蝦夷の地に徳川家臣団の新天地を創ると言う」「そうか蝦夷地に行くか」小栗は目を閉じてしずかにことばをついだ。「兵乱・革命に備えるは兵家の常、江戸城の御金蔵はその為にある」二人は万感の思いを込め見つめ合った、「榎本さんによしなに」すべての思いを込めた。朝の光が差し込んできた。

高崎から道中何事もなく七ツ過ぎ権田村に到着、東善寺を宿とした。新町宿で小栗一行と別れた二人は連取村の森村家に泊まり翌日伊勢崎河岸にむかった。干鰯を積んだ舟が荷物を降ろしている。船頭と顔見知りの様子で二言三言言葉を交わして仕事の終わるのを待つ様子だ。大方の荷物を降ろすと二人は船に乗り込んだ。船は前橋の三河河岸に向かう。

東善寺に一泊した小栗のもとに翌日になり「三ノ倉に博徒共多数集まり不穏の動きがある」と村役人

より知らせがあり厳重に人数を配置して穏便に対談するよう指示をする。翌日大井磯十郎を遣わしたが交渉は決裂し防戦の手筈をする。四日の朝「博徒共が押し寄せてきた」の注進が来る。「母様・お道・おかん・女どもを集めよ、武笠・佐藤は女どもを連れて山中に難を逃れよ、他の者はわしと又一に従え」と号令する。家来の者・歩兵・村内の猟師ら百人余りを従えて防戦し打ち払う。夜になった。「河浦・岩氷・水沼・三ノ倉の村役人が参りました」「ここへ通しなさい」村役人は揃って頭を下げた、「この度の事は全く博徒共に脅かされてよんどころなき所業で御座います、お許しくださいますようお願い申し上げます、今後は前々の通り組合村々小前末々まで和融いたし何事も相談の上いたします、詫状一札持参いたしました。どうかお許しください」と差し出す「そうか相分かった」。家来を呼んで「今晩は遅くなったので名主の三名はここに泊まってもらいなさい」「は、心得ました」。翌日になり河浦村・岩氷村・三ノ倉村の村役人・小前連印の詫状を差し出し、生け捕り者の引き渡しを嘆願してきたので当人たちを引き渡す。

村内の観音山に住居を定め普請場通いが日課になる。「下斉田村の名主平八がさらわれた」、知らせを受けて大井磯十郎を遣わす、翌々日になり磯十郎から報告を受ける。「今回の事は博徒共の所業で平八さんは即日取り戻しました、博徒共が噂を信じて金のありかを聞き出そうとしたそうです」「そうか、ご苦労であった」。

＊下斉田村（現高崎市下斉田町）江戸時代小栗上野介の知行地、玉村町と隣接する。
＊与六分村（現佐波郡玉村町与六分）小栗上野介の知行地。
＊権田村（倉渕村大字権田、現在は高崎市に属す）小栗上野介の知行地。
＊河浦村（倉渕村大字河浦、現在は高崎市に属す）・岩氷村（倉渕村大字岩氷、現在は高崎市に属す）・三ノ倉村（倉渕村大字三ノ倉、現在は高崎市に属す）
＊連取村（伊勢崎市連取町）、江戸時代は旗本駒井甲斐守の知行地、小栗上野介の養子又一は駒井甲斐守の次男。

三右衛門が大惣代を務める玉村寄場組合内の下斉田村と与六分村は自宅から近く小栗様の知行地だ、中山道を堂々とお通りになって権田村へ向かったと聞き及んでいるが、下斉田の平八さんの話では小栗様が宿所の東善寺にお入りになると打ち壊しの者千五百人ばかり押し寄せ、三度に及んだが、いずれも鉄砲で打ち払われ切りたてられて逃げ帰ったとの事、小栗様の家来は銃隊人足五十人、鉄砲二十人程であった。小栗様は種々の運上金を多分に取り立てたので百姓どもが是非討ち取りたいと騒ぎ立てたという。噂では金子五百万両を何処かに隠している。確かな話では無いが長年勘定奉行をお勤めになったお人ゆえ金子を多分に持っているのは確かと思うが、噂が噂を呼んで大きくなっている。

慶応四年四月、小栗のもとに荷物が届いた知らせが倉賀野河岸から来た。その中に大砲があった、これが新政府軍の咎めを受ける口実になった。四月十六日、騎兵組の桜井衛守が訪ねて来た。「去る十一日江戸城も尾張藩に引き渡されもはや致し方なし。同志の者江戸表を脱走して会津に行き再挙を図ります、御後援をお願いいいたします」「そうか」路用金として二十両遣わす。大勢は決した、かねての思いを天下に示す機会も失った、しかしこの志は何としても後世に伝えたい。横須賀造船所の事、着工したが遅かった、しかしこの国にどうしても必要だ。財政の事、金銀のほかにこの国から富を生み出す。緊急の策は生糸だ。フランスから最高の製糸の機械と技術を導入して良質の生糸を世界に売り出す。この事だけはどうしても後世に伝えたい。建白書を書いておこう。高崎・安中・吉井の人数が談判の筋があるとこちらに向かったとの風聞が聞こえてきた。家来を呼んだ。「この書状にはこれからの政治の構想を記した、生糸の事もある、大和守様の家中には生糸に詳しい人が多い、届けてくれ」「どなた様へ」しばし顔が上げられぬ。

「死ぬでないぞ、生きて大和守様所縁の人に渡してくれ」。

＊前橋藩主松平大和守の家臣は生糸に詳しい人が多い。明治三年前橋藩士深沢雄象・速水堅曹は藩営のイタリヤ式器械製糸所を創る、その後前橋藩士が研業社・交水社などの製糸所を次々に創る。

三右衛門が木島本陣を訪ねてきた。本陣には色々の情報が集まる大惣代時代も時折訪ねて世間話に世の中の事も交えて話に花が咲く、幕府の落人が泊りましたよと雅之丞殿が言う、「ほう、聞かせてくれ」いつもの癖で興味深い話は記録する。雅之丞は話始めた。「大阪敗軍の落人は、京都見回り役高七十俵五人扶持、高橋金十郎というお方、落ち延びて本陣に泊まった。この人は江戸で雅之丞と知り合いであったそうだ。金十郎の言うのには正月一日の朝、大阪八軒屋より乗船し淀に着く、見回り役五百人、歩兵十二連隊、大砲方大砲五丁、同所にて薩・長・土に止められた、二日八ツ時になり組頭八人にて掛け合いをしたが通す事相ならず、決裂して戦争になった。場所は下鳥羽であった。三日から四日は淀の橋本に引き戦い五日の朝早く八幡橋本にて戦い、同所山に厳重に陣所の備えがあるので味方と思っていた処、淀藩の裏切りにて大崩れとなり同夜大阪に引き上げた。会津と新選組の二手は一日に伏見着、二日より日々戦い五日夜大阪に引き上げた。金十郎は五日の戦いで鉄砲傷を受け大阪に引き取る。七日の朝、大阪を五人ずれで平野の方に逃げ出し、同所手前で寺に入り剃髪して一人残りで追々逃げ出し、途中で河州志紀郡大井村の百姓伝七に逢い、同人に頼んで同人宅の厩の傍らに寝泊まりして追々快方に向かい当月十一日龍田泊まり、十二日二月堂に泊まり、十三日醍醐三宝院に泊まり、十四日本山泊まり、十五日柏原、十六日赤坂泊まり、十七日加納、十八日官軍一万人が泊っている。尾州様領分は傍示柱に天領誰御預り所と書き換えられていました。信州諏訪に官軍百人余りいる様子、二十七日沓掛に泊まる、安中二十八日、二十九日に岩鼻陣屋に立ち寄り、今までの様子を話しましたが、相違ないと思うがその様な話は此のところ大変多い、元来知らない人なので確認の方法がない、この辺に知り合いがあるかとお尋ねなので玉村宿の本陣雅之丞が知り人と申し上げたところ、それではそちらに行きなさいと言われて尋ねてきました。翌日早朝、岩鼻御役所に行き申し上げたところ元締めより金百匹、草鞋代を頂きました。金十郎は大井村百姓伝七・同又蔵両人の名前で正念寺の寺送り状を貰い持参していたので諸所の難所を通り抜け玉村まで来ることが出来ました。京・大阪辺では関東の落ち武者を見かけたときは討ち取れと厳しい触れが回り、薩・長・土の武士が歩き回り怪しい者は丸裸にして、刀だこ等が有れば直ちに首をうちおとす、在住の百姓には落人を隠し置けば厳科に処すとのお触れが出ている。殊に極月二十七日の頃、一人五十両を渡され直ちに戦いになり金子一切使わず所持していたので身なりを変えていても直ちに発覚してしまった。将軍は会津様を連れ六日早朝紀州へ逃げ落ちたと言う。怪我人は長持ちに入れ江戸に送り返し女子供は早々江戸に送れと指示が出た。どうした事かと様子を聞くと将軍は最早逃げ落ちたと聞かされ大混乱に陥り大勢討ち取られた。金十郎の傷は顎より胸の上、喉の真横の骨を打ち砕き肩の下に弾は抜け右手は自由ならず、去る暮れの二十八日の戦いの時に帯を締めたまま、股引の類その時のままで目も当てられぬ次第、着物・股引の間に虱がざわざわと動くありさまは話になりません。江戸表に妻子があると申して本庄泊まりで江戸に向かいました。」

＊岩鼻代官所（現高崎市岩鼻町）江戸時代中山道が通り烏川の左岸に位置する水陸交通の要地、１７９３年に創設され、１８０５年創設の関東取締出役は同代官所を拠点とした、１８６５年に管轄区域は上州一国と武州五郡に及んだ。

権田村の小栗のもとに東山道総督より通達が届いた。

別紙　小栗上野介近日その領地上州権田村に於いて陣屋等厳重に構えこれに加えるに砲台を築き容易ならざる企てこれある趣、諸方の注進聞き捨てがたく深く探索を加えたところ逆謀判然、上は天朝に対し奉り不埒至極、下は主人慶喜恭順の意にもとるに付き追補の儀、その藩々に申付ける、国家のため同心協力忠勤を抜きんずるべし。万一手に余ることあれば早速本陣へ申しだすべし。先方諸隊を以て一挙に誅滅致すべき事。

四月

右の趣、仰せ出されましたので御達し申し入れます、急々尽力これあるべき事。

四月二十二日　東山道総督府　執事

松平右京亮殿

板倉主計頭殿

吉井鉄丸殿

右回覧の上各藩申し合わせ追補致すべき事。

閏四月一日　右書面を持参して高崎・安中・吉井の御家来方が来た。上野介は静かに答える。「右様の疑惑がある以上百方弁解しても疑いは晴れないでしょう、各々方は定めて近傍の探索も致した事でしょう。事実は如何に」「謀反を企てているとは思わないが」「観音山の普請は自分の持ち山に雨露をしのぐまでの家作で要害になるような家作ではありません、直ちに案内いたしますからよくよく見分してください、逆心の無いことを総督府に御報告してください」「我々は元よりよく分かって居りますし疑っては居りませんがその証拠になるようなものをお示し下されば」「左様ならば砲台と申す事も文中に有りますので所持する大砲を各々方にお預け致します、これを証拠として頂きたい」一同は承知する。それより雄蔵に案内をさせて観音山の普請場を一見してもらいお引き取り願った。御母様・お道・おかんを立ち退かせた。閏四月六日、小栗上野介・倅又一が烏河原で斬首になる。それから数日後江戸城が無血開城する。

三右衛門は無役になったが大惣代時代の世間との繋がりは健在だ。江戸の知人から、色々の情報が届く、まめな性格で本人もよく人をたずねる。激しい世の中の動きを三右衛門日記と史実を織り交ぜて記してみよう。

慶応四年一月二十二日　天気良し　松平大和守様奥方前橋御城内へ御入りになった。大名の奥方が領地のお城に帰ったとは、子供や奥方は江戸屋敷に住む事とした規制を撤廃したことだ。但し江戸表大変の取沙汰世上専らである、中山道筋上り下りの早追いが隙間なく通行する。当正月三日より京・大阪辺で大戦争が引き続き、井伊様は上方勢に加勢して裏切り、江戸方大敗軍となる。松平右京亮様は紀州様へ逃げ込み、御旗本萩原鉄之進様も同断との事、この事は領分、知行の者からの確かな話で奥様方へ御文通にて報告があったとの事。紀州大納言様も当月十四日落城との事。

一卿様（将軍慶喜）御落ちになり、会津様の御勢が多数討死したとの事。一卿様江戸へ逃げ帰ったと専らの噂が頻りである。

関東御取締御出役渋谷鷲郎様より書付が届く。

寄場組合村々へ高百石に付き歩兵二人ずつ差し出せ、鉄砲、だん袋は支給する、組合村内に調練の稽古場を造るとの事。村内の相談は難渋する。最初は百石に付き一人と願う。再び触書が来た、百石に付き一人を差し出せとの事、それでは地頭にお伺いしますと申し上げた。松平右京亮様に領分より伺いました処、差し出すには及ばずとの事。

一月二十三　日風聞に藤堂和泉守様関東を裏切り上方勢になる。この為関東は大敗軍となり、御大将は僅か七騎にて江戸まで逃げ帰ったとの事、しかし西ノ丸に和宮様、二の丸に天璋院様がおいでになり将軍様は城内に入ることかなわず三の丸にお入りになったそうだ。

群馬郡池端村の直七と申す人、江戸鍛冶御門の外、髪結い床の縁台に腰かけていた処、騎馬三騎、中に紫素袍に葵の御紋、異国の馬に乗り御刀は金の光強く、ひらりと御乗りなされる方。そこに居合わせた人の噂では将軍様がフランス屋敷に乗り込みお忍びになったと言っていた。

二月四日　飛騨高山郡代新見内膳と申すお方、今般上方勢に追い立てられて陣屋を落ちて玉村宿を通行する、中山道倉賀野宿に取締出役の木村様がお出でになり木村様の手先の案内で保泉村へ落ちていった。陣屋は焼かれ、漸くの事で逃げ落ち、翌日に家族の者も玉村宿を通行になる。落ち行く先は江戸では無くて知行所の那波郡保泉村との事、木村様の手先が保泉村まで案内する。

江戸では思いもよらぬ様な変事が起こる。江戸浅草長吏弾左衛門が、御奉行所へ次のようなお願いをした。弾左衛門より願いの筋は次のようなものであった。

我等儀、戦争先陣又は跡片付け共これまで仰せ付けられて参りました。この度、異人共へ松平の御苗字を下され何の守なぞと仰せ付けられました。異人共は牛・豚を食する穢れ者です、弾左衛門は牛・豚は食せず。異人共にさえ人官を仰せ付けられたのであるから弾左衛門にも人官仰せ付けられ又松平の御苗字も下されますようお願い申し上げます。

奉行所の御回答は、時節柄お上向きは悉くお取込みである。依って後ほど沙汰を致すとの事。

二月十九日　岩鼻代官が御代りになる御沙汰があった。木村様から平岡越中守様になる。岩鼻御陣屋役人、追々いずかたえかお引き取りになる。御新造方は烏川を船で下り逃げ去ったという。願い事一切取り上げなくなり、公方様のお触れは全く通用しない。

新町宿助郷組合村に関東御取締出役渋谷鷲郎と申す人、強制法外の者にて寄場組合村々より銃卒人足を高百石に付き二人ずつ差し出すように触れ回る。もし故障を申す者あれば切り殺し竹にさし曝すという。村々は困り果て度々集会をするが出る人がいない、高百石に付き五分と申し出る。松平右京亮様領分では領内より伺い申し上げたところ、差し出すに及び申さず、もし渋谷がかれこれと申す時は当方に申し出なさい。と回答があった。こちらも差し出さず、渋谷より何の沙汰も無かった。

新政府より御沙汰御先触れが届く。各種の刷り物が配布される。

農商江布告

この度東山道鎮撫総督の勅命を蒙り発向の次第は先達て朝廷より御触れを出しましたが遠国辺土までは自然と行き届き兼ね、なお又諸国の実情を問い、万民塗炭の苦しみを救いたき睿慮に付き各々安堵渡世いたすべし。尤もこれまで天領と称した徳川支配地は勿論の事諸藩の領分に至るまで、年来苛政に苦しみあり、その外仔細これ有るものは遠慮なく本陣へ訴え出るべし、詮議の上公平の処置を致す、心得違い、これ無きように致すべき事。

戊辰正月　東山道鎮撫総督　同　副総督

刷り物が配られる。

この度東山道鎮撫総督御発向に付き歳八十以上の者及び、鰥寡・孤独・貧窮・無辜の民共広く御憐れみ遊ばされ、忠臣・孝子・義夫・節婦等の聞こえ有る者はそれぞれご褒美を下される思し召しである。東山道諸国の役人どもは精々取り調べ書付を以て急々御本陣へ申し上げなさい、但し右取り調べに対し役人ども自己の愛憎により依怙贔屓（えこひいき）の事あれば厳重の御沙汰これ有り、心得違いこれ無きように致すべき事。

戊辰正月　東山道鎮撫総督　執事

東山道諸国宿々村々役人

二月二十五日　打ち壊しが各地で起こる。中山道新町宿・小諸道・吉井町・藤岡町・上大塚・中栗栖村・神田村・一宮町。会津様の早追が玉村宿を通行した。

二月二十九日　金古宿・渋川宿が打ち壊しにあう。

三月七日　関東征伐の軍勢が中山道を下る、これを見に新町宿に行く。問屋の内田源左衛門殿方に立ち寄ると、尾州大納言より朝廷に御遣わし向きの書付の写しをみせてもらった。さすがに中山道の問屋には色々な物が集まる。次の通り。

謹みて言上奉り候。　臣慶喜頃日政権の儀に付き奏聞なされまじく候旨、謹しみて承服仕り候、右は独り慶喜の罪のみならず不肖の臣慶勝久しく親藩の立場柄に在りながら輔弼の事行き届かず、ついに今日の形勢に立ち至り候う段、誠に以て恐懼戦慄の至りに堪えず、臣慶勝の罪小ながらずと存じ奉り候う、これまでは極外の御寵遇を蒙り奉り過分の官爵を汚し居り申す処、何卒御降奪の御沙汰を蒙り、せめては万分の一をも償い申したく只管服罪奉り候う。

臣慶勝誠皇誠恐頓首敬白

尾州徳川家は戦わずして朝廷側に屈服した、酒井様、井伊様、紀伊大納言、藤堂様、尾張大納言の関西の徳川勢力が降伏してしまっては後の中小大名は総崩れだろう。

老中小笠原壱岐守殿より御渡しが出る。(徳川家臣団に老中小笠原壱岐守よりの通達、徳川から離れ土着を勧める内容だ)。以下の通り。

御旗本御家人家族の分は勝手次第、知行所土着仰せ付けられた。土着を、相願いたき面々は其の段、申し出すべき事。

但し知行所これ無き向きは百姓地を買う或いは借り受け土着いたし苦しがらざる事。

右の趣、面々へ相達しられるべき事。　二月八日

＊鰥寡（かんか）　妻を亡くした夫、夫を亡くした妻

渋谷様は銃隊人足取り立てを強く推し進めたので打ち壊しの対象になりどこかに隠れているが以下の書付が出た。(前回の命令を取消した書付)

渋谷鷲郎より出た回状写し

先頃銃隊取り立ての儀申し達し置きましたが、難儀の筋、申し立てる村々もこれ有るやに相聞こえ、右は強いて申付ける筋にはこれ無く、迷惑の村方は人数差し出すに及ばず。右の趣組合限り急速に申し達すべき事。

この回状、刻付を以て順達、溜り村より相返されるべき事。以上　　渋谷鷲郎

玉村宿・熊谷宿・二之宮村・深谷宿・渋川村・本庄宿・白井村・新町宿・月夜野村・須川宿・原村両所・大戸村

三月十日　烏川を下る舟あり、この舟に桐棒の引き戸籠、一舟に三挺、一舟に二挺、其の後の一舟にはつづら等色々な物を積みこむ、岩鼻より落ち延びると見える。

八木宿と梁田宿の間で戦争があり両宿の間が焼き払われた。

三月十二日　天朝・御領と玉村上・下新田に限らず旗本の知行所、代官御料の高札を御書換え御建て替えになる。

三月十四日　松平大和守様が五料宿より福島村まで御回村になる。代官御料や知行地が新政府の支配地となり大和守様が支配を仰せ付けられたのでこのようになった。

御郡御奉行　小笠原源蔵様　御代官　鈴木昌作様　　御手代　細谷登代平様

銃隊頭　久能小作様　この御人数三十人

右御回りに付き南玉村渡船場まで案内する。然る処申し渡すことが有るので、上福島村（前橋藩領）名主方まで出頭するよう申し付けられ、出頭した処、左の通り申し渡される。

御代官　鈴木昌作様より

この節岩鼻御陣屋これ無く、これまでの関東取締出役もこれ無しに付き、取り締まり方は大名領分は領主が手近で取り締まるが、給所等の儀は遠場にて行き届かず、これまでの御料所等まで総て最寄り大名にて取締り致す事と仰せ付けられました。就いては普段回在も致しますから、村役人・小前共まで申し聞かしておきなさい、もし、この節この上、不穏な事、徒党がましき事がある時は、すぐさま最寄り大名へ早々訴え出なさい。急速出役致し取り締まると申し渡されました。この事を村方役人利右衛門殿が今夕にも村一統集会を開き申し渡しました。

三月十五日　打ち壊し　鬼石村七軒・木崎宿在・木崎宿・仁手村・山王堂村丈左衛門・連取村森村園右衛門・境町・太田宿

三月十八日　玉村宿から帰る途中夕暮れ時、元岩鼻伊奈半左衛門御代官の時に元締めをしておられた武藤林一様に行合う。「おう三右衛門久々だな」と声を掛けられた。いずれにしても久々なので五丁目辺まで同道し、音羽屋万吉方で一休みした。武藤様の申さるるには此の度奉行より岩鼻代官を申付けられ岩鼻陣屋に御代官高畑弾正様をお連れする、角淵村までは船で来たが陣屋の様子が知りたい、教えてくれないか。我々は十一万石支配を申付けられた。との事でした。お答えは「御陣屋は最早官軍に取られ役人どもは逃げ去り一人もいない、今日岩鼻陣屋の支配地は一村もない、この辺の取り締まりは最寄りの大名に申付けられ岩鼻陣屋は松平右京亮様の御支配である」御代官は主従七人ばかりだ。武藤様が申すには「岩鼻に残りの役人がいないのでは受け取ることも出来ぬ、今晩泊まるところは無いか、昔の御代官と違い、侍二人、仲間二人一間で宜しい、御代官と私は同部屋で宜しい、決して厄介はかけない」という。同夜四丁目泉屋金七方に泊まる。

三月二十一日　下斉田村名主平八殿、いずかたの者か四人にて名主宅へ槍を抜き身にて押し入り、いずれ方へか連れ行き今日村中騒動との事。

二十二日　下斉田村名主平八殿、新町宿埼玉屋まで連行され、翌朝に相なり馳走をいたし帰されたそうだ。平八殿の申すには新田満次郎の家来がいて、官軍の腰札を下げていた。小栗上野介様の金子何程これ有るや、又荷物は何方にこれ有るやと尋ねたとの事。小栗様は種々の運上金を関東より多分に取たてたので金子五百万両とか、百万両とかを何処かに隠しているとの噂が流れている、確かの事は分からないが長年勘定奉行をお勤めになった方故、金子は多分に持っているだろう。

三月二十四日　玉村宿で聞いた話、早いな、悪事千里を走るか。

御発向勅使　高倉様　但し二十六日の頃倉賀野宿お泊りとの事。

中山宰相様　但し高崎町お泊りの由　御付き添い大名酒井若狭守様との事。

但し御同勢は六万人とか申す事。

東海道御下向　御勅使有栖川宮様　御付の大名四十一大名と申す事です。

錦の御旗日月、三十六重ねと申す。

四月一日　中山道を次々と官軍が下る。先峰は若州様六・七百人、それより鍋島様荷駄が続く。

中山大納言様御装束は錦の陣羽織・御馬・十六の菊御紋　但し菊は白し地は赤し、先頭に八幡大菩薩ののぼりを立てる。それに続き四流の御旗・御馬印は高倉の宮様、錦の御装束の陣羽織、御馬、十六の菊御紋菊は白し地は赤し。それに続き御旗四流・馬印笹竜胆右御双方様方の御警護鉄砲にて三百人ずつ御付きになる。少し離れて先頭に一騎先駆けし、後ろに三騎控える。

四月七日　総督様より御触書写し

徳川領地並びに諸旗本知行所は決して御召し上げの御沙汰は有りませんが、浮説流言を信じ陣屋役人ども各々退役し民政廃絶を幸いとして無頼の悪党ども愚民を欺き徒党を結び、恐れ多くも、官軍内命或いは薩・長より仰せ付けられた等と偽り唱え、無辜の富家へ押し入り金銀を奪い強談難問を申し掛け、これに加えて放火致し、日々乱暴相増し生民全く塗炭の苦しみに陥り、総督府においても深く御憂慮させられ一日も捨て置きがたく、これに依り徳川領地・旗本知行所、上武両国の事は総じて両国列藩へ鎮撫取締仰せ付けられました。従って各藩申し合わせ、それぞれ持ち場を定め諸方へ人数差し出し置き、賊徒の乱暴を除き悪党を召し取り、諸藩脱走の者或いは無宿者に至りては速やかに諸藩に於いて死刑を行のうべし、尤も百姓と雖も頭立の徒党の向きは、平日の行い、人物の正邪を糺し、それぞれ処置致すべし。元来上武両国の人気暴激にして大儀条理を以て鎮定することは一朝一夕に行う事能わず、勅命の旨、申し触れて兵力を以て鎮撫致すべし。但し年貢諸運上すべて租税の事は近々確定の上御沙汰致す。それまでの所は只管鎮撫民政に心を用い、万民その農を安んじるよう精々尽力致すべき旨、更に仰せいだされました、この段相達するものである。

三月　東山道総督府　執事

松平大和守殿　松平右京亮殿　秋元但馬守殿
板倉主計守殿　酒井下総守殿　土岐隼人正殿
松平摂津守殿　吉井鉄丸殿　前田丹後守殿　重職衆中

落首　江戸より普門寺に届いた書状に書かれていた。
萩枯るる（長州）轡は錆びる（薩摩）時節きてさつき頃には葵（徳川）花咲く
閏四月十日　江戸城無血開城。
江戸城は尾張藩に引き渡された。噂では彰義隊が中々服従しないので困っている。
五月二十四日　彰義隊は江戸上野の寛永寺で敗れ、江戸遁走の方三百八十七人、新町宿より玉村宿を通り抜け前橋に到着する。前橋領主は利根の川船を五料より惣社辺まで差し止める、右のお方、小相木村のお寺に入り前橋領主大和守様と掛け合いになる。前橋よりも出向き掛け合う。翌二十五日大和守様に降参し龍海院に入る。
六月二十一日　当村名主庄右衛門殿、一昨日江戸より帰る、江戸表の様子を聞きに名主を尋ねる。御旗本様方々へ布告が出された。徳川亀之助へ付き添い駿府へ行くものは知行高残らず差上げ無禄たるべし、新政府に従がえば持ち高の十分の一下される、然る上は奥州へ先陣を務めるべし。但し土着になるも勝手たるべし。
当月十五日までに残らず江戸引き払いの御沙汰があり、同月二十八日・二十九日両日お日延べを願い引き払いの可否を申しあげる。
駿河にお供するものは妻子を召し連れてゆくことはかなわず、妻子共を知行所に移す等、露見した時は曲事の事。この事を銘々の知行名主役人に伝えるために出府を命じた。実々目も当てられぬ次第なり。この布告は旗本の身の振り方について指示している、その中に駿河に付き添ってゆく旗本は妻子を同伴してはいけない、自分の知行所に移してはいけない、知行所の名主を出府させ監視するように命令している。

新政府から

定め

一、人たるもの五倫の道を正しくすべき事

一、鰥寡・孤独・廃失の者を憐れむべき事

一、人を殺し家を焼き財を盗む等の悪行有るまじき事

慶応四年三月　　太政官

右の通り仰せ出された堅く相守るべきこと。

定め

何事によらず宜しからざる事に大勢申し合わせる事を徒党と唱え、徒党して強いて願い事企てるを強訴と言い、或いは申し合わせ居村を立ち退く事を逃散と申す。堅くご法度（禁止、違法）である。もし右の様なことが有れば早々その筋の役所へ申し出なさい、御褒美下さるべき事。

慶応四年三月　　太政官

右の通り仰せ出された堅く相守るべきものなり。

この頃、いやに物が高くなったな。三右衛門はつくずく思う。銭相場両に十五貫文、たくわん十本代三貫文、髪結い銭二百文、(弘化の頃二十八文)、湯銭六十四文(弘化の頃十文)。玄米一駄但し四斗五升入り、この代金八両二分也。大麦一駄但し六斗入り、この代金四両一朱也。横浜が開港してから繭や生糸も高値で売れるがいろいろの物が高くなった、異人のせいだと言う者もいるが買う物がこの頃特に高くなった。以前岩鼻の御代官に生糸の運上金の免除をお願いした時に買う物が高くなり百姓が困っていると訴えたが御代官は米や繭の売る物が高くなり、買う物も高くなる、単に名目だけの話だと言われたが、それは違う。百姓を見ても大百姓は繭も米もたくさん売れるから買う物が高くなっても困らない。小百姓は年貢を納めた後に残る米を自分で食べる、売れる米は少ない、繭も少ない。売るものが少ないから買う物が高くなると段々貧乏になる。この事を御代官は分かっていない。今は御代官もいなくなってしまったが。

八月十日　彰義隊の脱走者を乗せた船が四艘横浜沖に止まっている、脱走者の人数は七千人余り。フランスの大船と言う者もいる。榎本の軍艦と言う者もいる、縦横共六十間四方と言う。これは横浜よりの飛脚の話だ。

九月八日に慶応四年が明治元年になる。奥羽両国は年号を大政元年とする。

次のような布告が出た、御布告書写し

今般、官位を御改正、従来の百官並びに位階を受領することを廃止する、百姓、町人は勿論、無冠位の神主・社務・社人・医師・画工・職人に至るまで官名・国名・東百官等用いる事、以来固く禁止する。是迄使用してきたものは速やかに改名致すべし。

十月十七日　高橋清兵衛殿が来訪した。同人の話が面白いので控えて置いた。松平大和守様の隠密が会津の戦場より帰り殿さまに報告した内容だそうだ。

いよいよ会津様降参、官軍方の御勢は十万余人にて、日々総勢で攻めいよいよ攻め寄せてくる、城内よりは切り出し鉄砲を避け黒煙の中押し入り四方八方切りたて追いまくり城内に引く事、再三の事。又一日は女武者、緋縮緬の襷にて切り出す。寄せ手の大将よりの御下知は「女武者の様子、打っべからず」、これを薩摩勢が打った。城内勢は城内へ引き取る。能囃子・謡い等、中には凧を上げ楽しんでいる、一切発砲もなし。寄せ手の方は最早今日降参すると思ったが中々左にあらず。依って上杉様を先陣に立て二の丸まで穏便に入り多分ここでお掛け合いになるか降参と申すか、会津様の仰せには自分は切腹仕るにつき一家中妻子助命をお願いいたしますと言う、又一家中の願いには一同切腹仕るつき主人の助命をお願いいたしますと言う。よって朝廷にお伺いになる。未だ松平陸奥守様・酒井左衛門尉様は降参しない。九月二十二日会津藩降伏。

十月十三日に天子様東京府へ御幸、江戸城御本丸へお入りになる。

但し御送りの大名様方、いずれも御装束、錦の御旗二流れ。又関東にいる御大名方、東海道箱根辺までお出迎えになる。

十一月四日　天子様より市中へ御酒下される、御樽数七万樽と申す事。尤も献上酒があり、本郷高崎屋と申す者は一万樽献上し、麻上下・名字帯刀・剣一本御免を仰せ付けられた。右お酒頂戴には立流の着類に止めるよう仰せ出された。

上州島村の田島家と武州血洗島の渋沢家は利根川に面して位置し渋沢家が少し下流になる。婚姻を通じた親戚関係である。武平は蚕種の製造業、いわゆる種屋であるので蚕種の輸出を通じてかねてよりフランス・イタリヤの養蚕事情に関心を持っていた。教会の神父さんのお話や横浜の貿易関係の人たちの話ではフランスやイタリヤに日本の生糸や蚕種がよく売れる。島村の農家では蚕を飼い、繭を作り、繭の中の蛹が羽化して蛾になり卵を産む、卵は一定の規格の紙に産み付けさせる。これが蚕種紙（たねがみ）で取引の対象になる。

近年蚕種を製造する農家が増えてきたが玉石混交で種々の問題を起こしている。幸いに島村の蚕種は品質が良いと評判だ、何故か大きな川筋の土地の桑で飼った蚕がよい蚕種を作る。洪水で度々土地が洗われるからだとか、水田地帯の桑の葉は栄養が有りすぎて蚕は大きくなるが弱くなるとか。色々の説があるがよくは分からない、島村が適地であるのは事実だ。洪水に苦しむ村には天の恵みだ。更に大きくするには外国にも大量に売り出す。血洗島の渋沢さんの倅さんがパリの大博覧会に幕府使節団の一員として駐在している、倅さんの手紙によると日本の出品物は大変好評だったようだ、その中で驚いたのは蚕種や生糸が大変な評判だったと書いてあったと血洗島の親類から聞いた。

どの様な事情があるか、帰って来たら一度お会いしてフランスの話を聞きたいものだ。

明治二年の春渋沢栄一が血洗島に帰ってきた。親戚からの連絡を受け武平は血洗島を訪れた、分家の弥平を同道した、弥平は蚕の飼育法や蚕種の事を熱心に研究している、フランスの養蚕事情は研究の役に立つかも知れぬ。「お忙しいところをお尋ねして、見知らぬ外国に滞在してさぞかし大変だったでしょう、パリの博覧会で蚕種と生糸が非常な評判を集めた事を、こちらからお聞きしました、横浜でも色々話は聞きますが直にフランスを見てきた方に現地の養蚕事情、生糸や蚕種の様子がお聞きできればと伺いました」「そうですか、いや驚きました、まるっきり天下がひっくり返った、悔しくて腹の虫が煮えくり返っていますよ」一息入れて、「あ、フランスの養蚕事情ね、私もフランス人の蚕種や生糸の関心の高さに驚きまして、その筋の人々に事情を聴いて回りました。フランスでは蚕に原因不明の病気が流行っていて繭がよく出来ない、繭が少ないから生糸も少ない、よい繭が出来ないから丈夫な蛹がいない蛹が弱いから蛾が弱い、だから蚕種を少ししか生まない、蚕種は不足する。そしてこの病気を治す方法が見つからない。養蚕家も織物業者も困っている」弥平が尋ねた、「病気が原因ですか」「その様です」。弥平は大きく頷いた、病気に強い飼育法が必要だ。「蚕種をフランスに売り込むにはチャンスですね、その時はカンパニイを創るといいですよ」「カンパニイですか」武平は聞き返した「欧米では貿易をするのに皆カンパニイを創る。大勢の人からお金を集めて大量の商品の取引をする」「こちらの無尽ですか」「いや、少し違う。無尽は集めた金を一人ずつ順番に使い、それを繰り返す。カンパニイは大勢から集めた金で大きな商売をして利益が出たらお金を出した人に配当をする、元金を残して商売を繰り返し連続して長く続けられる。ここのところが違う。外国と商売するには外国と同じようにカンパニイを創るとやり易い」。「郷に入れば郷に従え、ですか」「詳しく話すと長くなるからこの次の機会にしましょう」「その節は又よろしくお願いします」。

フランスの話から小栗様の話になる。武平は三右衛門から聞いた話を手短にした。

幕府は戦費がかさみ再三年貢や夫銭の増額をし、今回生糸に口糸と言う運上金を掛けた、この増税に耐えかねた村方は二之宮・伊勢崎・玉村の三寄場組合の連名で口糸の上納を撤回して頂きたいとする嘆願書を岩鼻代官所に提出し、互いに言い合ってきた。玉村寄場組合の中に小栗様の知行地がある、与六分村・下斉田村である。村の名主が所用で江戸の御屋敷にお伺いし帰り際に用人に呼び止められた、用人が言うのには「先日お勝手向きの事でご報告に伺った時、お殿様が苦労を掛けるなと、ねぎらいの言葉をお掛けになり、問わず語りに申すには「横須賀の事はめどがついた、この次は生糸をやりたい、フランスから最高の製糸機械を購入し技術者を招聘して幕府直営の工場を作る、周辺の地から繭を集め、外国に喜ばれる良質の生糸を作り横浜から世界に売り出す。横浜の生糸は品質の上下で価格に想像以上の差がある、百姓から繭を高値で買い取り喜ばれ、フランス仕込みの工場で高品質の生糸を作り横浜から売り出す。民、百姓を豊かにし、幕府も利益を得る」。二人の名主は帰って大惣代にこの話をしたそうです。その後、三右衛門さんと話をする機会があり、そして「小栗様の知行所の名主の話だが」と言って御奉行の構想を話されました。そして申すには「武平さんは横浜の事情に詳しい、こんな手品の様なことが出来るもんかねえ」と聞きますので「小栗様なら出来るでしょう、生糸の値段が品質の良し悪しで大きな違いがあるのは横浜では事実ですから、何しろ造船所をお創りになる方ですから」と答えました」栄一の表情が一瞬引き締まった。「小栗様がその様なことを」「ええ御用人から聞いた話だそうです」。島村の武平と弥平は「お忙しいところお話を聞くことが出来て有難うございました、百聞は一見に如かず、大変参考になりました」二人は満足そうに帰っていった。

栄一の脳裏にフランスの事が蘇る、もしフランスでの借款が成功していれば小栗様は横須賀造船所に続き、製糸場の構想も実現できた、慶喜様は政権を朝廷に奉還して、大名たちの頂点に立って新しい国を目指すことが出来た、しかし我々の非力で借款は失敗し帰国した時は幕府は倒れ、小栗様は斬首されていた、新政府は権力を握ったが何が出来るだろうか。小栗様の製糸場の構想は外国からの借款に頼って失敗した、私はこの動乱の時期をパリ国際博覧会の随員としてフランスに滞在した、新知識の宝庫だった、ここで見聞した知識を生かしてカンパニイやバンクを設立して日本の人達の協力を得て資金を集める、この国には徳川幕府の太平の世のおかげで、江戸や大阪の大商人から村の質屋に至るまで余裕金を持っているものが大勢いる。この資金を一つにまとめれば外国の借款に頼らなくても必ず大きな事業が出来る。フランス等では蚕の病気で繭が不足し生糸が不足している、天の時だ。上武信州は養蚕がさかんだ、地の利。そして人の和。バンクやカンパニイの新知識を生かせば、栄一の脳裏に横浜から世界に連なる絹の道が見えてきた。いつの日にか、天を仰いだ。武蔵野の空は広い。

吉右衛門は村の名主を長年務めている、家業は倅の吉蔵に譲ったが村の世話役は続けている。村内を一回りするのは日課である。坂道を登って村外れに来た、一本の杉の大木がある、ここからなだらかに下って沼田街道に続いている。一本杉から上は雑木林が山奥まで広がり炭焼きが出来る村の大事な山だ。

家の周りの畑は最近桑畑が多くなった、養蚕が盛んになり村には活気が溢れてきた。

慶応四年（１８６８）彰義隊が上野戦争に敗れて関東各地に隠れ住んだ、物乞いをして生活を凌いでいる者もいる、時に高圧的な物乞いもいて、人々は彰義隊崩れと呼んで警戒した。幸いの事にこの種の物乞いは村内を徘徊していないが物騒な世の中になったものだ。倅の吉蔵がやってきた。「裏山の炭焼き小屋に人が住み着いたようだ、昨日下草刈りに裏山の奥まで行くと炭焼き小屋近くに人影が見えた、よくよく見ると屋根や囲いに人の手が入ったようにも見える。二人住み着いているようだ」、「そうか、あまり近づくな、小屋を使うのはまだ先の話だ」「彰義隊崩れだろうか」「あまり詮索するな、その筋に知られると面倒な事になる、村には何の変事もない、他人には話すな、遠くから見張っておけ」。吉蔵は畑仕事に戻っていった。桑苗を植えて養蚕を大きくするようだ。明治三年（１８７０）に庶民の帯刀禁止令が出た。

明治五年（１８７２）名主制度が廃止され行政組織も新しくなった。名主を辞めた吉右衛門は隠居の身になったが長年の習慣で村の中を歩くのが好きだ。子供たちが遊んでいる、「散切り頭を叩いてみれば文明開化の音がする、ちょんまげ頭を叩いてみれば頑迷固陋の音がする」囃しながら遊んでいる。吉右衛門は頭の上に手を当てて頑迷固陋か、思わず苦笑いをする。

渋沢栄一は新政府の招きに応じ殖産興業の先陣として官営の製糸場の必要性を進言して、直ちに実行に取り掛かった。フランスで学んだ知見をいかし、地元の瓦職人の協力を得て煉瓦を作る、上武の山から大木を集め木骨レンガ作りの大きな建物を作る、フランスから製糸機械を買い入れ、技術者を呼ぶ、大量のレンガや木材の輸送は中山道を利用し、製糸に必要な大量の水を確保できる場所、近くに養蚕の盛んな信州・上州・武州があること、そうだ富岡がいい。欧州に並ぶ良質の生糸、いやそれ以上の生糸を作り世界に売り出す。

富岡製糸場は明治五年（１８７２）に完成した。場長に恩師であり旧知でもある尾高淳忠にお願いした。尾高は工女の募集に意を用いた、単なる労働力ではなくフランス式の操糸技術を短時間で習得する能力、これから各地に広がるであろう製糸場の指導者の役割を担える人、それには健康な体と読み・書き・計算の出来る女子が必要だ。この頃の女子の識字率はそれほど高くなく、武士階級や庶民の上層部の女子に偏っていた。尾高の工女の募集に思いもよらぬ障害が起きた、フランスから派遣された技術者が葡萄酒を飲む姿を見て「人間の生き血を飲む」と噂が広がり応募者がいない、悩んだ末に尾高は自分の娘を工女に採用して風評を打ち消し募集に成功した。フランスからの技術者の派遣期間は三年と短い、読み書きの出来る女子を集め、製糸の技術を体得させ、記録を取らせる。労働時間を短くして余裕の時間を作り将来の機械製糸の指導者を育成するのに力を注いだ。お茶やお花、西洋事情等、自らも漢籍の講義をした、そして心中密かに徳川家臣団の救済を考えて武士の子女を多く集めた。富岡製糸場は明治五年に開設し養蚕農家にとどまらず世間の注目を集め、その規模の広大さ、女子の活躍と相まって浮世絵の画題にも取り上げられ文明開化殖産興業のシンボル的な存在になった。又ここで技術と知識を修得した人達はこの後、各地に創業した機械製糸場の指導者となり製糸業の普及と発展に貢献した。その後生糸は日本の輸出品の最大の品目となり明治・大正・昭和前期の日本の経済を牽引した。

名主制度が廃止になり行政制度が次々に替わる。吉右衛門は家業を息子夫婦に譲り名主の重責からも解放されたが長年の習慣である村内を一巡する散歩は続けている。一本杉が村内の住居地で一番高くこの後ろは山林になる、最近はここで一息ついて村を眺め、麓に目を凝らす事が増えた。しばらく休んでいると人力車が坂道を登ってくる。こんな所まで人力車が来るとは珍しい、はて、何者だろうか、目を凝らすと女の子が降り立った。おや、山の中から人影が、車夫と言葉を交わしていたが、やがて女の子と一緒に山中に入っていった。人力車は一本杉の元に止まっている。そうか、女の子の帰りを待っているのか。「どちらから来たんかね」「前橋からです」、車夫の話に「前橋の共愛女学校の先生から頼まれ今日一日生徒をこの山まで送り迎えしてくれ、山に父親が待っているから、日が暮れぬうちに学校まできっと帰って下さいと厳しく言われた」「共愛の生徒さんか、卒業して東京に帰るかね」

「詳しい事は聞いていません。富岡に行くと言っていました」「ほう富岡にね」。しばらく世間話をしているうちに人影が、先ほどの親子だ。女の子を乗せて人力車は坂道を下って行く、いつの間にか父親の姿も消えた。まだ陽は高い、陽の暮れぬうちに学校に帰れるだろう。そうか、やっぱり御家人の成れの果てか、娘の成長を炭焼き小屋で見守っていた。いやそれだけではあるまい。

坂の下から嫁が登ってくる。「爺ちゃん、遅いので迎えに来たよ」、「人力車が来てな、珍しいので少し眺めていたので遅くなった」「誰が乗ってたんかね」「共愛女学校の生徒さんだそうだ、炭焼き小屋の仙人と親子だそうだ」「あらそう」驚いた様子で裏山を見つめた。「お茶が入ったよ、みんなが待っているから」。先に立って歩き始めた。一丁程下ると入口の門がある。こちらを振り返って確かめると門の内に消えた。まめで働き者の嫁だ。蚕を飼うのが上手だ。吉蔵が桑畑を増やし嫁が蚕を上手に飼う、いつの間にか村一番の養蚕家になった。近所の人は嫁の事を「衣笠様」と呼ぶ、養蚕の女神を祀る衣笠神社からきている呼び名だが、蚕を上手に飼う女性の誉め言葉だ、蚕を上手に飼うには細かな注意がいる、温度や湿り気、僅かな風の流れに気を配り桑をやる、夜も蚕室に泊まり込んで注意を怠らない、まるで赤子を育てるように、長年の経験に頼るのだが嫁は毎日記録を欠かさない、経験と記録を合わせて蚕を上手に又失敗しない飼い方が出来るようになる。蚕を上手に飼えば家の身上が上がる、此れからは女の子も読み書きそろばんが出来ないと困る時代が来る。村役人の跡取り息子は役目柄どうしても読み書きそろばんが必要だ。その上欲を言えば測量が出来るといい。田畑の境界争いの仲介に役立つし、山の木を売る時は立木の石数を計算できないと損をしてしまう。小さい村だが組頭や百姓代と相談して小さな寺子屋を作った隣村のお寺の和尚さんや村の元気な隠居にお願いしてきた。今自分自身が隠居になって教える側になったが此れからはどうなるか、寺子屋の時代は女に学問はいらぬ、それより裁縫・糸繰・機織りを教えろと言われた。それも確かに大事なことだが読み書きも大事になる。寺子屋に行く女子は少なかった。うちの嫁も少なかった女の子の一人だ。読み書きそろばんは蚕を上手に飼うのに大変役に立っている。孔子様は学びて時にこれを習うと教えるがうちの寺子屋は習いて時にこれを学ぶという事か。蚕を飼い・糸を紡ぎ・はたを織る。確かに女の働きが身上を上げる時代になってきた。何時の頃からか「上州名物、かかあ天下と空っ風」と世間が言うようになった。かかあ天下は悪口とは思わない、女子は内助の功が美徳と言った時代にどこから見ても女子の働きが外から見える。本心は誉め言葉だ。そして上州は言葉が荒い、従って女言葉も荒い、気は優しいが言葉が荒い、働き者で言葉が荒い、かかあ天下と言われる所以だろう。空っ風は昔から吹いていた。山深いこの辺と違って前橋近くの平地へ行くと名物と言うにふさわしい風が強く吹く、赤城と榛名の間に小野子・子持の低い山がある前橋の方から眺めると、まるで唐箕の口だ。上越国境から吹き下ろす風が唐箕の口から噴き出す、それが上州の空っ風だ。季節は夏から秋に、何時しか人力車の噂も忘れ去られた。

冬になった吉蔵は男衆を連れて山仕事に通う。落ち葉を集めて堆肥を作り、枯れ木を集めて燃料の準備をする、楢や櫟を伐り炭を焼く。帰りに少し回り道して古い炭焼き小屋の近くまで来た、周りの木もだいぶ大きくなったが炭を焼くには後四・五年はかかるな、と思いながら小屋に目を向けた。小屋の周りは枯れた夏草に覆われて人影は見えなかった。「親父、炭焼き小屋の仙人が消えたよ」「ほう、どんな様子だ」「周りの草の枯れ具合だと夏にはいなくなったね」。村人は正体不明の男を炭焼き小屋の仙人と呼んだ。吉右衛門は内心ほっとした。名主の時から世の中が激変して今は隠居の身になったが今でも頭の隅で気になっていた。幸いに何事もなく過ぎた、やはり徳川の家臣だったか、仙人と雖も霞を食って生き延びることは出来まい、何か秘密の連絡網を持っていたのか、娘も独り立ちした、それを見届けるように仙人も消えた。やはり小栗様の埋蔵金があって困窮した幕臣を密かに援助した、仙人はその為の埋蔵金の番人、いやその秘密組織の頭取かも知れぬ。そして仙人は霞の中に消えた。埋蔵金も霞と共に消えた。

麓では桜の季節が来た。今日は天気がいい。風も静かだ。吉右衛門は門前に出て腰を下ろし麓を見下ろし、しばし瞑想にふけった。散切り頭から出てきたものは陸蒸気（蒸気機関車）と蒸気で動く大きな座繰り（富岡製糸場）だが、ちょんまげ頭が残したものは、ひょっとすると寺子屋かもしれぬ。昔の話だが伊勢崎藩の寺子屋の噂話を聞いた事がある。伊勢崎の殿様は前々から領内に寺子屋を創ることを奨励していた、今では領内に三十近い寺子屋がある学堂と呼ぶそうだ。名主の最後の年であったが県の役人が来て、寺子屋の様子を報告しなさいと言う、このような山奥の寺子屋よりも原之郷の船津さんの寺子屋を報告させた方が良いのではと言ったが県のお役人は大小すべての寺子屋を報告すると言う、何の為にと聞き返すと、新政府が全国に寺子屋を創れと言っている。小学校と呼ぶそうだ。「村に不学の戸なく、家に不学の人なからしめん事を期す」。との仰せである。そうか寺子屋は小学校と名を変えて続くか、朱子の「小学」から取った名前だろうが子供たちの学び舎と素直に考えればいい。

何か伊勢崎の酒井様のやり方と似ているが全国に創るとはさすがだ。「村に不学の戸なく家に不学の人なし」。いい響きだ。今度は女の子も沢山集めるといい。頑迷固陋と言われようが寺子屋はいや、小学校は益々盛んにしてほしい。　子供たちのあそび声が風に乗ってとぎれとぎれに聞こえてくる。「散切り頭を叩いてみれば文明開化の音がする、ちょんまげ頭を叩いてみれば頑迷固陋……」。遊び声は春風に乗って消えていった。うとうとした吉右衛門は再び麓を見降ろした。「子供たちが元気に育てば文明開化・殖産興業も夢ではない」。三原田村の子供歌舞伎はもう近い。

終わり

＊名主（なぬし）江戸時代の村役人で村の長、年貢の収納や戸籍の事務、領主との折衝など村政全般を

扱った。村内の有力者が世襲でする場合と有力者の輪番制とある。

＊廃刀令、１８７０年に庶民の帯刀禁止令が出された。１８７６年軍人・警察官も制服着用時以外は帯刀禁止になった。

＊原之郷の船津さんの寺子屋。原之郷村（現在の前橋市富士見町原之郷）の船津伝治平の父が寺子屋を開き伝治平が継ぎ、明治六年の原之郷小学校の設立まで続いた。伝治平は在来の農法を研究改良してその普及に努めた、明治十年駒場農学校（後に東京大学農学部になる）で教鞭をとった。明治三老農の一人と言われる。

＊伊勢崎の酒井様の学堂　伊勢崎藩に学習堂と言う藩校があった。一般的に藩校は武士階級の子弟の学びの場であったが学習堂は希望すれば町人・百姓の子弟も受け入れた。文化年間に百姓・町人の子弟を集めて学習させる学堂を領内各地に開いた。藩校の分校のような位置づけであった。学校の敷地は藩が与え、建物は村が作る。学習堂の教官を度々派遣して指導した、教官の補助者として以前学習堂で学んだ村内の好学の者を配した。子供から成人までが対象だったが時代と共に年齢が下がり青少年教育になった。村の子供はここで読み書きそろばんを学んだ。文化五年四月に五淳堂を手始めとして、同年十一月の嚮義堂を、更に文化年間に正心堂、会輔堂、正誼堂、遜親堂、遜悌堂の七つの郷学校を開設し伊勢崎藩の郷学として世間の注目を集めた。寺子屋は一般的には天保年間に盛んになるがこれ

に先立つこと約三十年、庶民教育の先進的な事例である。群馬県史通史編6・近世3・第三章教育の普及・第二節庶民教育の普及・二、伊勢崎藩の郷校を参照。

＊文化五年（1808）文化年間（1804〜1817）　天保年間（1831〜1844）。

＊三原田村の子供歌舞伎（現渋川市赤城町三原田）
文化文政の頃になると農村歌舞伎が盛んになり、各地に歌舞伎舞台が作られ盛んに演じられ子供たちも大勢参加をした。文化二年（1805）に作られた三原田（渋川市赤城町三原田）の歌舞伎舞台は現存する日本最古の回り舞台として残っている（国の重要有形民俗文化財に指定）。

＊学制　日本の近代学校制度の初の基本法令、明治五年（1872）の太政官布告であり、全国民の就学が奨励され小学・中学・大学を設ける事とし特に小学校の設置に力を注いだ。序文に「村に不学の戸なく、家に不学の人なからしめん事を期す」と高い理想を掲げ、明治十二年（1879）の教育令に引き継いだ。明治二十三年（1890）小学校が義務教育になった。当時群馬県は長野県と共に小学校の就学率が全国で最高であった。

＊小学　書名、中国宋代の成立、学童の教育書、朱氏の命を受け門人劉子澄が経書や古今歴代の伝記の中から修養になる話を集めた、掃除、挨拶・作法など具体的実習から修身・道徳の格言、忠臣・孝子などの事績まで集めたもので江戸時代に藩校等で初等教育の教科書として用いられた。伊勢崎藩の郷学

では「小学」を素読していた。詳細は「学校様物語」（八木一章　著）を参照。

＊共愛女学校　明治初期に前橋に設立されたキリスト教系の女学校で現在の共愛学園前橋国際大学の前身

あとがき

小栗埋蔵金は有ったのだろうか、これを証明するものはない、三右衛門日記によれば噂話として世間に広く流布されていて小栗の知行地の名主が拉致される事件も起きている。小栗上野介日記にも同様な事件が記されている、又隠した場所と言われる赤城村の伝承でも埋蔵金は有ったのではないか、しかし全てを使い果たしたと伝える。

小栗日記には江戸城の御金蔵についての記述は無いが三右衛門日記には幕府が財政的に追い込まれ各種の名目で税金を取り立て村役と対立するようになった事実、二度の長州征伐、鳥羽伏見の戦い等で莫大な戦費を費やす、鳥羽伏見の戦いでは一人に五十両の支給をした事実が落人の話からも伺える。軍備の面ではフランス式陸軍の創設、横須賀造船所の着工等で金蔵の備蓄が底をついてきた。

江戸幕府は今まで味方と思っていた諸藩に背かれ慶応四年一月十五日に恭順（降伏）することに決定したが江戸城を明け渡すのは閏四月十日、明け渡すまでに百日以上の日数がある。一概に旗本八万騎と言うが半分としても大勢だ。この人たちを納得させて江戸城の外に移す、このためには大金が必要であったろう、今流にいえば退職金だ。二月八日に老中からの旗本御家人に対して土着を勧める御触れが出る、知行地が有る者は知行地に、知行地の無い者は百姓の土地を買うなり借り受けて土着せよ、ここで残っていた金を家臣団に分けた。この時に徳川幕府再興の名目で多数の旗本に密かに金銀を預けた、榎本の軍艦にも運ばれる。三月十二日の小栗日記には大平備中守（勘定奉行並）が彰義隊に殺害された事、備中守の自宅に多人数の彰義隊の者が押し入り乱暴、一人は拳銃で討ち取ったがついに切り殺された、日記には殺害の事実のほかには小栗の心情をうかがい知る文言は無い。おそらく彰義隊の一部が軍資金として金蔵から金を持ち出そうとし、大平と意見が衝突した、過激な一部の人達が大平の自宅を襲い殺害した。彰義隊と榎本が率いる幕府の軍艦は降伏しないことで一致している、彰義隊の人々は上野戦争に敗れ各地に逃げ延びる、多くの人が品川沖に停泊していた榎本の軍艦に逃げ込んだと考えたとしても不自然ではない。三右衛門日記には江戸の噂では七千人軍艦に逃げ込んだと書いてある。

榎本は蝦夷の地で徳川の家臣団を率いて新しい国を作るを大義名分としている。将軍の意を帯し江戸を戦場にしない、然し家臣団の生き延びる方策も考える、そして彰義隊が御金蔵から持ち出した軍資金の一部は品川沖に停泊していた軍艦にも運ばれて金蔵は空になった、軍艦に運び込まれた金は函館戦争ですべて無くなった。小栗は役職を罷免され権田村に土着するまでの間約四十日間江戸にいて精力的に活動している。大平備中守との会談が七回に及ぶ。大平備中守の役職は勘定奉行並である、小栗が奉行を罷免された後は勘定奉行所の中心だったろう、江戸を離れる直前の小栗日記には大平備中守から五百両預かると書いてある。この預かるが何を意味しているかは不明だが、この様な形で土着する旗本に徳川幕府再興のための軍資金との名目で相当量の金を預けた、明治の代に徳川家は存続できた、軍資金の実態は困窮した徳川家臣団の救済資金になった。小栗日記を読んで不可解な点がある、徳川が恭順を表明したのが一月中旬小栗が権田村に土着したのが三月一日、大金を何処かに隠していると暴徒が押し寄せたのが三月四日、小栗が土着する以前に二月中に大金を何処かに隠しているとの噂が広がっていた、江戸の市民は江戸城から密かに物が運び出されたのを知っていた。これが埋蔵金の噂のもとだろう、城が開城した時、金蔵は空だった。なぜ小栗一人の埋蔵金伝説に替っていったのか、この先は私の独断と偏見だが小栗は金の分配先を隠すために敢て自分一人が埋蔵金を所持していると思い込ませて世間の目をそらそうとした、日記には四月八日に倉賀野に到着した荷物の中に大砲があり引き取ると書いてある。この事が新政府側に伝わる、小栗は新政府の目が小栗に集中するように動いている。静岡県南部の牧の原の茶園の開拓は徳川家臣団再生の成功例として伝わるが、徳川家から資金援助があったと伝える。この中に小栗埋蔵金まがいの金銭があっても不思議ではない。江戸時代の武士は藩の所有していた財産金品をどのように考えていたのか。伊勢崎藩にこのヒントになるような物語がある。昔酒井忠告公は宝物の収集に熱心で多額の金銭を費やした。家老の関当義はこれを諫めた。酒井公の言うには「金銀豊かなれば人は驕り怠る、一度驕り怠たればなかなか止める事は出来ない。器物は倉に納めれば長く保存できる。将来もし水害・旱魃・兵乱・革命の変に逢えば、この器物は必ず費用の援けになる。汝春秋に富む必ず骨に刻んで後世に期すべし」。当義はこの言葉を賞嘆して息子の重巍に告げた、天明三年の浅間山の大噴火で溶岩流が吾妻川から利根川に流れ込み伊勢崎藩領の芝町・中町等が泥流に埋まり大災害を引き起こし、藩領全域に火山灰が降り注ぎ大被害を受けた。当義は今こそ先君の遺訓を実行するときと、藩の財物を江戸で換金して噴火災害救済の資金とした。藩が所有する金品は藩主と家臣の共有財産と考えていたかも知れない。

余談になるが伊勢崎藩の災害救済事業はどのようなものであったか、先ず泥流に埋まった人々を助け出して住居を失ったものは陣屋の中に収容し生活の再建をたすけた。この年の年貢を免除した。水田は火山灰を除去させて翌年の作付けを可能にした。火山灰を取り除いた人たちに労賃を支払い、裏作の収入減をおぎない、冬期間の収入を図った。この事は周辺の人々から羨み、称賛された。落首が残っている。

田も畑も境分かたぬ砂降りに慈悲をするがの神は伊勢崎

藩主酒井駿河守を巧みに織り込んだ落首である。

＊右記の文章は「訳文伊勢崎風土記（渡邊淳訳）」付録にある文を要約した。

生糸の原料を提供したのが養蚕農家である。生糸は江戸時代前期は中国から輸入していた、高価なものであったので国産化が奨励され中期には自給できるようになり後期には輸出できるまでに発展し、養蚕業が盛んになる。蚕の飼育は難しく不安定だった、そのために多くの飼育法があり、指導書が現れる。正徳二年（１７１２）現在の吉岡町北下の馬場重久が「養蚕手鑑」を書いた。寛政六年（１７９４）渋川市の吉田芝渓が「養蚕須知」を書いた。信州小県郡上田在まいた南向堂清重は天保十三年（１８４２）に「養蚕虫重宝記」を書いた。

明治維新の前後から各地に養蚕の飼育法が現れる。利根郡片品村の永井いとは焚火からヒントを得て「いぶし飼い」を考案した。伊勢崎市島村の田島弥平は「養蚕新論」を著し清涼育を提唱し、蚕種の生産や研究に又輸出に力を入れて島村蚕種の名声を高めた。島村蚕種の成功の陰には渋沢栄一の助言があったと伝わる。藤岡市の高山長五郎は空気の循環と温湿度を蚕の生育に最適にする「清温育」を体系化し、高山社を設立し養蚕技術の普及と改善に努めた。明治以降生糸は輸出品の第一位の品目になった、国も養蚕業の振興に力を入れ国立や県立の蚕業試験場が各地に設立され、飼育法の研究や品種改良が発展した。皇室は養蚕業を振興するため皇居内に御養蚕所を設けて皇后さまが蚕を飼育した。蚕は繊細な生き物で環境の変化や病菌で時々不作になり養蚕家を悩ませた。この問題を解決して安定した繭の生産を実現させたのが戦後に群馬県蚕業試験場が開発した稚蚕共同飼育標準表である。養蚕家が共同して稚蚕を飼育する特別な部屋（稚蚕飼育所）を作り蚕の生理に最適の環境（温度・湿度・空気の流れ等）を整え、徹底した薬剤消毒で無菌室を作り、飼育標準表で最適な飼育の方法を周知させ、誰が飼育しても安定した繭が収穫できるようになった。桑の葉も人工飼料が開発されて凍霜害の自然災害も克服できるようになって、養蚕の技術は最高のレベルに到達したが、ナイロン等の化学繊維の発展により生糸の需要は減退し、更に貿易の自由化による価格競争に敗れ養蚕業は衰退した。

著者略歴

八木一章（やぎ・かずあき）

昭和6年2月27日　佐波郡上陽村生まれ

昭和24年3月　勢多農林高等学校卒業、農業に従事、法政大学経済学部（通信教育部）入学

昭和28年9月　法政大学経済学部経済学科（通信教育部）卒業、経済学士

昭和35年3月　第4回全国蚕業青年体験発表大会第一位

昭和45年～50年　上陽村農業協同組合組合長、専務

昭和50年～53年　上陽村農協理事、合併により玉村町農協理事

昭和51年～平成5年　赤城酪農業協同組合連合会理事（昭和59年～平成2年　常務、専務、常勤副会長）、

（平成2年～5年　非常勤副会長）

昭和62年～平成2年　群馬県牛乳販売農業協同組合連合会監事、代表監事

平成2年～5年　群馬県牛乳販売農業協同組合連合会専務理事

絹の夢、遥かなり
——小栗上野介埋蔵金秘録

2023年9月30日発行　著　者　八木一章
発行者　向田翔一

発行所　株式会社 22 世紀アート
〒103-0007
東京都中央区日本橋浜町 3-23-1-5F
電話　03-5941-9774
Email: info@22art.net　ホームページ：www.22art.net

発売元　株式会社日興企画
〒104-0032
東京都中央区八丁堀 4-11-10 第 2SS ビル 6F
電話　03-6262-8127
Email: support@nikko-kikaku.com
ホームページ：https://nikko-kikaku.com/

印刷
製本　株式会社 PUBFUN

ISBN：978-4-88877-263-1